Narratori ◀ Feltrinelli

Andrea Bajani
Il libro delle case

© Giangiacomo Feltrinelli Editore Milano
Prima edizione ne "I Narratori" febbraio 2021

Published by arrangement with The Italian Literary Agency

Stampa Grafica Veneta S.p.A. di Trebaseleghe - PD

ISBN 978-88-07-03433-6

P. 11. Milan Kundera, *La vita è altrove*, Adelphi, Milano 1989, traduzione di Serena Vitale.

www.feltrinellieditore.it
Libri in uscita, interviste, reading, commenti e percorsi di lettura.
Aggiornamenti quotidiani

Il libro delle case

In memoriam
A.A.F.

Xaver rispose che la vera casa non è una gabbia con l'uccellino né un armadio per la biancheria, ma la presenza della persona che si ama. E poi le disse che lui stesso non aveva una casa, o meglio, che la sua casa erano i suoi passi, nel suo andare, nei suoi viaggi. Che la sua casa era là dove apparivano orizzonti sconosciuti. Che lui poteva vivere solo passando da un sogno all'altro, da un paesaggio all'altro.

Milan Kundera, *La vita è altrove*

1.
Casa del sottosuolo, 1976

La prima casa ha tre stanze da letto, un soggiorno, una cucina e un bagno. La stanza da letto dove dorme il bambino, che per convenzione chiameremo Io, è in realtà uno sgabuzzino con una brandina. È un po' umido, come del resto tutta la casa. Non ha finestre ma è confortevole ed è vicino alla cucina. L'acciottolio delle stoviglie, il toc toc regolare del coltello sul tagliere, il getto d'acqua prolungato nel lavello sono probabilmente tra i primi ricordi di Io, anche se non se ne ricorda. Così come non ricorda il tonfo ammorbidito dello sportello del frigorifero che si chiude, o la resistenza a strappo di quando viene aperto. È la piccola polifonia della cucina: percussioni di metalli con contrappunti di ceramica, getti idrici, ronzio del frigo, la ventola della cappa sopra i fuochi.

La casa è sotto il livello della strada. Per accedere all'appartamento bisogna scendere al primo piano sotterraneo prendendo per una scala a spirale, oppure utilizzando l'ascensore. L'odore che si respira nell'androne, da cui parte una striscia di tappeto rosso che si avvia verso le scale, è molto diverso da quello che si respira al piano sotto, dove l'umidità ha diffuso per l'ambiente un sentore di cantina. Le cantine, del resto, sono allo stesso livello dell'appartamento di Io, insieme a due porte in legno massiccio, oltre le quali vivono famiglie imprecisate.

La Casa del sottosuolo non è però tutta sotto il livello della strada. La sala da pranzo, la cucina, il bagno e le camere da letto affacciano infatti su due cortili interni. Sala, cucina e bagno su un lato, le camere sull'altro. I cortili interni, o giardini di cemento, sono incassati in mezzo a una serie di condomini a cinque o sei piani costruiti negli anni cinquanta e sessanta del Millenovecento.

Uscendo in cortile non si può che alzare il collo. La nonna di Io – d'ora in avanti Nonna – ogni mattina compie la medesima procedura: esce, distende il collo e guarda in verticale fino al cielo per vedere che tempo fa. Poi rientra.

Stando dentro la Casa del sottosuolo si ha l'impressione che fuori sia sempre nuvoloso. Le finestre che affacciano sui due giardini di cemento non sono sufficienti a far arrivare il giorno nelle stanze. Per questo nella casa si entra accendendo un abat-jour in corridoio.

In quell'oscurità Io compie i suoi primi movimenti. Gli oggetti e il mobilio spingono le loro ombre sul pavimento, sconfinano, allagano l'appartamento; salgono sui tavoli, sui davanzali, sulla cesta di frutta di ceramica sempre esposta al centro della tavola. Io impara a muoversi tra quelle ombre, a calpestarle, a esserne travolto. Gattonando per la casa, a volte scompare dentro un'ombra, o lascia fuori solo una mano, oppure un piede, che se ne stanno abbandonati nel chiarore: Io viene fatto a pezzi dall'oscurità, lascia pezzi di sé sopra il tappeto.

Nella Casa del sottosuolo le luci vengono spente soltanto per dormire o quando si va via: lo spazio viene riconsegnato al buio, suo elemento naturale. Quattro mandate, vociare per le scale e poi silenzio. Le ombre a quel punto si sfilano dagli oggetti per intero, si buttano sul pavimento, sottomettono ogni centimetro, conquistano la casa.

Nel cortile su cui affacciano la cucina, il bagno e la sala da pranzo vive Tartaruga. Vive per lo più nascosta dietro i vasi o dentro il carapace. È difficile vederla uscire allo scoperto. Soltanto quando esce Nonna, le corre incontro goffamente attraversando il cortile; colpisce ripetutamente il suolo con la sua corazza di testuggine, la ritmica sempre identica della sua allegria. Nonna la solleva e le parla; lei agita nell'aria le quattro zampe rugose, sperimentando così il volo assistito tra quei palazzi che costringono il cielo in un quadrato. Poi ritorna dietro i vasi trascinando la foglia di insalata che Nonna le ha portato e che con parsimonia mangerà, sminuzzandola con il becco corneo fino a farla scomparire.

Tartaruga è il primo animale con cui si è confrontato Io nella Casa del sottosuolo. E del resto Io è l'unico essere umano – Nonna a parte – cui Tartaruga mostri la testa, sfilandola dal guscio.

Io la cerca per il cortile, sa dove trovarla: gattona fino a raggiungerla, attraversa il giardino di cemento a gran velocità, con la cadenza ogni giorno più sostenuta delle sue ginocchia. È dietro i vasi di fiori che avviene sempre il loro incontro. Io batte i palmi delle mani sopra il carapace di Tartaruga in una percussione concitata e festosa. Quella percussione tribale – Io sta seduto a terra, sul trono soffice del proprio pannolino – è probabilmente il primo rituale compiuto da Io. Io batte il tempo sopra la corazza e Tartaruga sporge fuori il capo.

Tartaruga è anche il primo essere vivente da cui Io prende esempio: a differenza di quasi tutti gli altri bambini, che detestano ogni tipo di verdura, Io richiede in modo perentorio lattuga da mangiare. Anche la maniera di spostarsi è completamente mutuata dalla testuggine: lunghi momenti d'immobilità nei punti nascosti della casa, seguiti da repentine accelerazioni in corridoio.

Quando i due si trovano faccia a faccia sopra il pavimento, Io ride sempre rumorosamente. Quindi avvicina il piedino nudo al muso della testuggine e con l'alluce le stuzzica la testa. L'alluce di Io e la testa di Tartaruga hanno la stessa forma, e per questo Io è convinto che la propria testa stia nel piede. Nella visione dei suoi primi anni di vita, Io è dunque una tartaruga con due teste. Io e Tartaruga si salutano attraverso i piedi del bambino.

La Casa del sottosuolo sta su uno dei sette colli della città di Roma.

Alla sommità del colle, ogni giorno, due soldati dell'esercito italiano fanno uscire un cannone dai bastioni. Allo scoccare del mezzogiorno spara a salve contro Roma. I presenti applaudono per quella messa in scena, l'esercito italiano che spara contro la sua capitale. La detonazione fa spesso piangere i bambini, a cui i genitori cercano invano di spiegare il significato di finzione, e la differenza tra questa e la realtà. L'esplosione si sente per chilometri, propaga la sua onda d'urto contro il panorama, lo stesso contro cui si accaniscono le macchine fotografiche delle persone lì presenti.

Nella Casa del sottosuolo vivono Padre, Madre, Sorella, Nonna. E Io.

2.

Casa del radiatore, 1998

La posa della prima pietra è stata l'acquisto del televisore, che ora è appoggiato sopra un pavimento di mattonelle in finto cotto. È un elettrodomestico di ridotte dimensioni – 14 pollici, scritto sulla confezione – ma ha il potere di trascinare le persone al suolo: Io si distende in terra su un lato, come un etrusco su una tomba, e guarda lo schermo luminoso.

Comprarlo è stato puro istinto, milioni di anni di evoluzione della specie, conoscenza acquisita insieme ai geni. Ancora poco esperto di Torino, è andato nell'unico negozio di elettrodomestici di cui è a conoscenza per esserci passato accanto con il tram ogni giorno per dieci mesi: è periferico, vicino all'imbocco della tangenziale, vende tv, frullatori, lavatrici e molto altro, tutto disposto in vetrina come un paesaggio di efficienza.

Il viaggio in autobus verso la sua prima casa da ragazzo laureato è stato dunque un rituale di sollevamento. Io è montato sul 55 con lo scatolone della Panasonic, scusandosi con tutti per l'ingombro e dando la colpa all'imballaggio. Al primo posto che si è liberato, ce l'ha appoggiato sopra ed è rimasto in piedi, accanto, a piantonarlo. Alla dodicesima fermata, contata sullo sbuffo delle porte, è sceso, ha camminato trecento metri col fardello tra le braccia, e poi è salito per quattro piani a piedi.

Lo sguardo del suo coinquilino – il proprietario dell'alloggio, un uomo vicino ai sessanta, l'evidenza a prima vista di un naufragio personale – è stato di giubilo celato e biasimo convinto: non vuole pagare il canone, non vuole avere rogne, ma sa che ne approfitterà. In piedi sulla porta, ha guardato Io estrarre il televisore dal polistirolo, appoggiarlo al pavimento e premere il pulsante. Al primo canale intercettato, un'annunciatrice ben vestita è stata l'unica presenza femminile dentro quella stanza.

Che sia una casa transitoria lo dice chiaramente l'assenza di un armadio nella stanza di Io, nonostante il mese e mezzo che è passato dal suo ingresso. La valigia spalancata accanto alla brandina è la cassettiera in cui dispone i suoi indumenti. D'altra parte non c'è un accordo vero, né contratto registrato, tra lui e il coinquilino. Il passaggio di denaro avviene brevi manu a ogni fine mese, e per il resto l'unica condizione è che il martedì pomeriggio Io resti fuori casa fino a cena per consentire al proprietario la sua sodomia settimanale.

Quanto all'attività sessuale di Io – questo è il non detto dell'accordo – ha tutto il fine settimana a sua disposizione, quando il coinquilino sparisce e va in provincia.

Non durerà a lungo, è chiaro a entrambi, così come è evidente a tutti e due che sarà più bello ricordarla, questa convivenza, che viverla ogni giorno. Non c'è infatti altro rapporto tra di loro se non la spartizione dei ripiani dentro il frigo e una cortesia igienizzata dalla discrezione. La vita che succede è soprattutto la vita nelle stanze. Il resto della casa non esiste: è una cucina cieca – in realtà con grata di affaccio sulle scale –, senza spazio di manovra e con un tavolo a cui giocoforza può mangiare una persona sola. E un ingresso occupato quasi per intero da un radiatore a cherosene, unica fonte di calore. Il bagno è subito lì accanto ed è la stanza più calda della casa.

Il radiatore è la ragione per cui la vita nelle stanze avviene a porte aperte. L'alternativa è una privacy a temperatura ambiente; ma è gennaio, fuori viene giù la prima neve, quella promessa invano prima per Natale e poi per Capodanno. I tetti di Torino sono bianchi, è imbiancata anche la stazione, a due isolati dalla casa, il che attutisce i fischi dei treni che arrivano e che vanno. In buona sostanza, la privacy sono due maglioni e battere di denti.

Per questo, Io ha tagliato ai guanti la punta delle dita. Nel gelo della stanza riscalda i polpastrelli colpendo la tastiera del computer ereditato da un amico, salvato in extremis dal cassonetto dei rifiuti. È un vecchio 286, di una specie estinta, fuori produzione, lo schermo è artritico, sfinito, visualizza molto poco e molto lentamente. Ma è il primo che possiede, e per questo non c'è freddo che riduca la portata di quella che Io chiama la Rivoluzione, il golpe che ha condannato a morte, con la gogna sopra il pavimento, il televisore.
È questo che hanno di fronte ogni sera – e dopo, nottetempo – le finestre dall'altra parte della strada: un ragazzo sepolto dai maglioni, a volte col cappello calato sulle orecchie, che digita frenetico sui tasti di un computer, sopra una tavola in truciolare sorretta da due cavalletti troppo alti per la sedia. Il tutto in mezzo alla neve che scendendo ne confonde la visione, da distante, ammesso poi che qualcuno guardi per davvero.
Ciò che è impossibile vedere, questo è certo, è lo scarto tra l'impeto di Io e l'arrancargli dietro della tecnologia; tra il suo battere parole accelerate e la lentezza dello schermo che a lungo resta bianco, sbalordito e affaticato, per poi restituirle tutte insieme in differita, quando Io è già uscito dalla frase, le mani ferme in una pausa riflessiva. Con le dita alzate sopra i tasti, vede uscire le parole in mezzo al bianco incolonnate, e procedere ordinate in linea retta, per poi buttarsi a capo e fermarsi solo se lo dice un punto. Dopodiché Io legge – sbalordito lui, stavolta, e intenerito – quello che tutte insieme, sull'attenti lì davanti, sono venute a dirgli in mezzo al gelo.

3.

Casa di Famiglia, 2009

La Casa di Famiglia è composta di tre stanze più cucina. L'ingresso è un ambiente semibuio. Un tavolino alla destra della porta consente l'automatismo di liberarsi delle chiavi. A terra le mattonelle in una graniglia gialla e grigia confusamente concepita si allargano, in fondo, dentro la cucina.

Le due stanze che si aprono dall'ingresso sono la sala da pranzo e la camera da letto di Io e di Moglie, entrambe col parquet. La sala ha un divano letto sobrio, foderato in color sabbia. La sua linea è così comune, così ordinaria, che lo si dimentica subito dopo averlo visto, come non ci fosse. Di fronte, il televisore. Poco altro da dire sulla sala: c'è un tavolo, piano laccato ciliegio, quattro sedie ben disposte su due lati, il potenziale sono sei persone a pasto.

Al fondo della stanza, una finestra offre la vista di un terrazzo dall'altra parte della strada su cui d'estate una coppia di anziani si avvicenda a pranzo e cena, e d'inverno diventa magazzino. Oltre la terrazza, l'arco alpino. Al primo caldo Io apre la finestra, vi passa molto tempo con i gomiti appoggiati al davanzale. Ogni tanto si aggiunge la testa di Bambina. A volte è per pochi istanti, altre si ferma accanto a lui. Appena qualcuno compare sulla terrazza, Bambina agita la mano in segno di saluto, senza dire niente; una mano, muta anch'essa ma gioviale, si agita in risposta. È una consuetudine ormai di lunga data, che non si è trasformata in una relazione e non è mai sbocciata in un saluto verbale ma non ha mai perso gentilezza. È una faccenda rimasta tutta di competenza delle mani.

Intorno, palazzi primo Novecento, buona borghesia distribuita per le strade, pasticcerie, paste la domenica, ristoranti con famiglie ben vestite ma senza ostentazione. A duecento metri, la stazione principale di Torino.

La camera di Io e di Moglie è la più ampia della casa – trenta metri quadri mal contati – ed è suddivisa in zona notte e zona giorno. Un letto matrimoniale con cornice in legno chiaro occupa il fondo della stanza accanto a una finestra con balcone. Ai lati del letto sono posizionati due cubi in legno, il design è quello delle cassette della frutta, ma rivisitato per una facoltosa clientela postagricola. Il comodino di Io lo si riconosce dai libri impilati malamente, che torreggiano precari. Un paio di volumi sono aperti e rovesciati sul pavimento, come libellule in attesa. Altre libellule sono sparse per la casa, sui braccioli del divano, sul tavolo in cucina.

La cosiddetta zona giorno della camera da letto è, nei fatti, la scrivania di Moglie: ha evidenziatori colorati, un cesto con forbici e graffette, quaderni, computer portatile e stampante. Sul piano, post-it rosa e gialli.

L'ultima è la stanza di Bambina.

La porta è smerigliata e sempre chiusa. Dal vetro, anche a volersi avvicinare, si vedrebbe poco, solo quattro pezzi di scotch agli angoli di un foglio che copre la quasi totalità della superficie. È un poster che Bambina può guardare dal suo letto; dà le spalle a chi sta fuori dalla stanza. La sua è una camera pensata solo come un dentro: il fuori è un dentro rovesciato, è il mondo dalla parte delle cuciture.

Quando va a scuola, la stanza resta aperta. Moglie vi entra e la sistema, Io di norma rimane sulla soglia ma difficilmente si trattiene dal guardare. A terra, la solita graniglia gialla e grigia. Il letto è addossato alla parete. Davanti, un armadio bianco a due ante ricoperte come muschio di adesivi, e un paio di fotografie. Una con due amiche, una con Padre di Bambina. Su una mensola, accanto, libri di scuola accatastati e una foto insieme a Io, abbracciati, che con ogni verosimiglianza ha scattato Moglie. Nel complesso è già una camera, non più una cameretta.

Di fronte, la cucina ha pochi metri di graniglia. Alla parete tre moduli color ciliegio, sopra e sotto, palesemente riadattati a quello spazio. Il piano di lavoro finisce con un taglio brusco, la sezione mostra il truciolare. Al centro stanno i fornelli, sotto sta il forno ventilato. Davanti, un tavolino con tre sedie, contro la parete. Appesa al muro c'è una lavagnetta con la settimana di Bambina, divisa nelle colonne dei giorni e le righe delle ore.

Fuori, un affaccio con vista sui garage e appartamenti di ringhiera delle altre palazzine. Oltre, le colline. Un modulo della cucina, per mancanza di spazio dentro casa, è stato ostracizzato sul balcone e usato da rimessa.

Più in generale, dall'arredamento è facile intuire che la Casa di Famiglia sono in realtà due mobilie incollate a farne una terza che non c'era. Facile attribuire i pezzi – quali di pertinenza di Io, quali di Moglie con Bambina –, facile ricostruire retrospettivamente i due appartamenti originari, le due vite rincollate in un nuovo esperimento.

Per questo Io passa molto tempo in sala, seduto al tavolo oppure sul divano. Lo fa soprattutto se è di malumore o se hanno litigato, cosa che peraltro non succede spesso: il suo vecchio arredo è la sua ambasciata, vi batte in ritirata. Sul divano, poi, si raccoglie tutto, tira su i talloni, non lascia nemmeno i piedi, al pavimento. Ci rimane finché non si sente meglio, dopo scende e ritorna a muoversi per casa. Molto spesso è però Moglie che lo raggiunge per riconciliarsi, e Io apre la porta all'ambasciata. Si scosta, permette che si sieda sul divano, le dà il benvenuto con lo sguardo. Quando lei si rialza, a pace fatta, Io restituisce i piedi al suolo.

La vista di Bambina addormentata sul divano quasi ogni pomeriggio, con un libro di matematica o di scienze per cuscino e la matita scivolata giù sul pavimento, è un paesaggio a cui il suo occhio non si è ancora abituato.

4.

Casa del sottosuolo, 1978

Tra i primi fatti che Io ricorda c'è Padre chiuso nella propria stanza per giorni; forse sono settimane.

È l'inizio della primavera, nei due giardini di cemento recintati dai palazzi arriva finalmente il sole. Non è molto e dura poco. È un'apparizione che si ripete per due volte durante la giornata. La prima quando il sole è in verticale, in questo periodo intorno alle 12.40: a quell'ora il sole si rovescia sul giardino, ma è poco più di una secchiata.

La seconda volta arriva da est, nel pomeriggio, verso le 18.30. È solo un raggio che s'insinua tra due edifici. Dopo il varco però si allarga, scendendo; occupa, illuminandolo, un metro e mezzo di terreno. A quel punto si sente una percussione regolare: compare Tartaruga, che da dietro il vaso corre battendo il carapace contro il suolo. Prende il raggio al volo, da tennista. Poi sta ferma, con la testa fuori, sotto i riflettori.

Se è fortunata, sta così per tutto il tempo che dura il sole, finché il raggio si consuma e Tartaruga, lenta, torna indietro. Se le va male, arriva Io correndo – con un urlo, normalmente – e trasforma Tartaruga in un tamburo.

Padre resta sempre chiuso in camera; esce soltanto per andare al gabinetto e dopo torna dentro. Non mangia spesso, e soltanto di rado con Io, Sorella, Madre e Nonna.

Se non c'è Padre, la voce che si sente quasi sempre appartiene a Nonna. Durante i pasti parla la televisione, che invece tace se c'è Padre. Parla di un politico rapito, chiuso in un appartamento e condannato a morte. Si vede una foto dell'uomo che sorregge un quotidiano; serve per dimostrare che l'uomo – quello stesso giorno – è ancora vivo.

Dalla fotografia non si capisce dove sia. Dietro c'è solo una bandiera.

Nessuno guarda o ascolta veramente la televisione. Ma la televisione butta la luce su di loro, è un fascio che da dentro il rettangolo dell'apparecchio poi si allarga sulla tavola. Solo Io di tanto in tanto resta fuori; corre per la casa, a volte cade ma non piange. Si ferma sempre davanti alla porta chiusa della camera di Padre.

Poi sempre correndo torna indietro, e quando entra in sala da pranzo vede Madre, Nonna e Sorella dentro la luce del televisore; dopo ci entra anche lui, come fa Tartaruga il pomeriggio con il sole. La televisione rovescia ancora sulle loro teste l'uomo col giornale.

Lo schermo è l'ingresso di una galleria che collega la Casa del sottosuolo e l'appartamento in cui l'uomo è prigioniero. Io ci potrebbe entrare, ma solo a quattro zampe.

Sorella è troppo grande.

Madre e Nonna sarebbe inelegante.

Io potrebbe infilarsi comodamente dentro il rettangolo di luce; gli basterebbe gattonare per un po' – quanto a lungo non lo si può sapere – e poi sbucare dall'altra parte, dove sta Prigioniero col giornale.

Ma né Io né gli altri pensano davvero a questa opzione: stanno fermi e il televisore versa sulle loro teste tutto quello che contiene. D'altronde, da quando ha collaudato e poi adottato la posizione verticale, Io non vuole tornare a quattro zampe. Lo fa soltanto per Tartaruga, ma è un rapporto antico.

Finito il pranzo, Madre entra in camera di Padre con un piatto. Io le va dietro, ma rimane fuori; lei gli indica qualcosa e poi la porta è chiusa.

Dopo un po' Madre esce e parla con Nonna mentre lava i piatti.

Capita anche che Madre lasci socchiusa la porta della loro stanza, se non ha Io che la tallona; è così che Io una volta mette la faccia dentro lo spiraglio e vede che sono entrambi seduti sul divano, Padre con la testa tra le mani e Madre seduta accanto, un po' staccata, con le ginocchia unite, senza dire niente.

Al telefono, Nonna dice che suo figlio – Padre – è spaventato.

"Non esce di casa perché ha paura che gli facciano del male."

"Ha picchiato uno che era meglio non picchiare."

Dice che bisognerebbe esserne sicuri, prima di far finta di esser forti.

Il telefono è in cucina, e ha una sedia e un tavolino accanto. Sopra c'è una lavagnetta in cui Nonna appunta quello che non vuole dimenticare.

Quando Nonna parla di Padre dentro la cornetta, accosta la porta, ma Io la spinge perché è da lì che si passa per andare a trovare Tartaruga nel giardino di cemento.

Le parole di Nonna gli cadono in testa quando passa; gli restano fra i capelli fino a quando – tra mille urla e resistenze – Madre glieli lava.

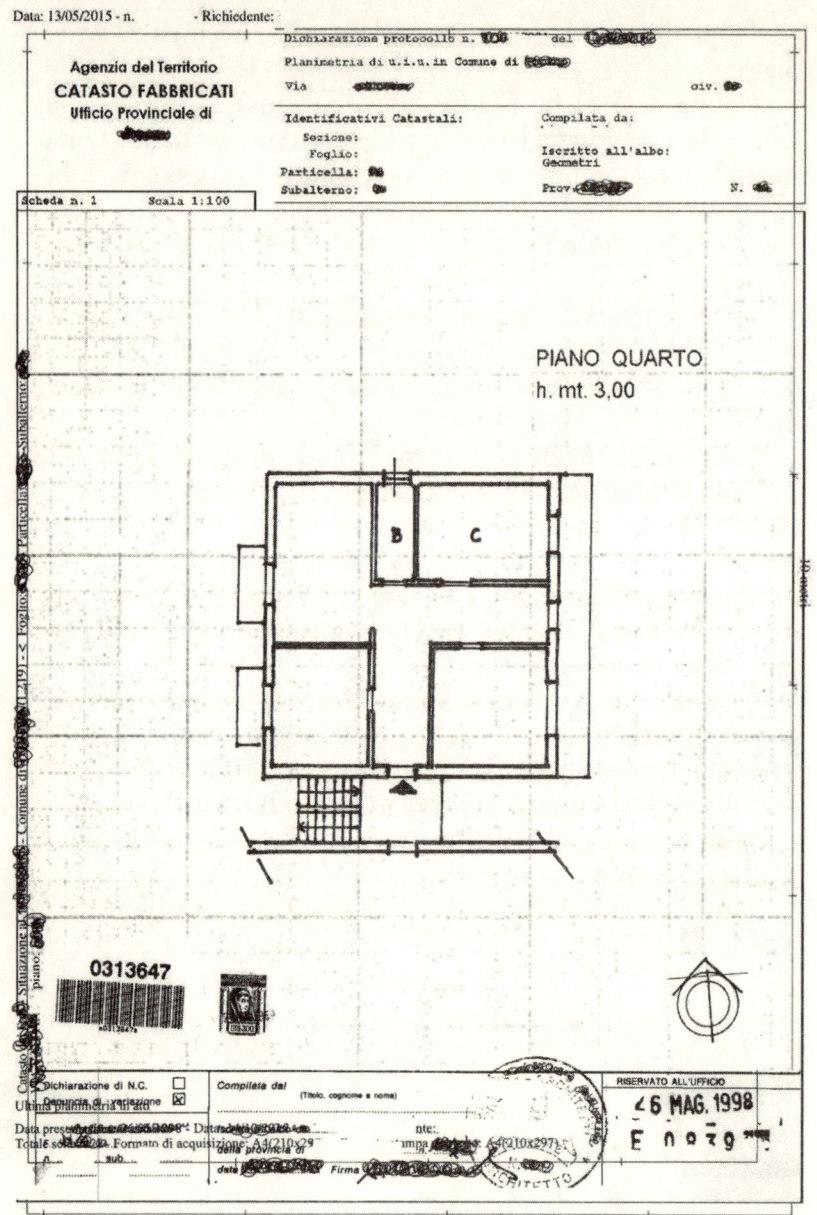

5.

Casa delle parole, 2010

È a meno di un chilometro dalla Casa di Famiglia, dall'altra parte della stazione dei treni principale di Torino.

Ogni mattina Io esce di casa, attraversa l'atrio della stazione, e fa il suo ingresso nella Casa delle parole.

Sono sette minuti di strada; otto se si ferma a guardare i cartelloni delle partenze. Certi giorni non alza la testa. Altri sì, e scorre con gli occhi le destinazioni. Si immagina in alcune delle città che ci sono scritte. Poi prosegue, taglia il flusso di persone; esce in quest'altra parte di città.

Qui prima si sparava e la gente stava chiusa in casa. Per dormire, funzionavano soltanto i tappi o il cuscino sulla testa. Oppure pensare di andare via, con quel pensiero riuscire ad addormentarsi, e poi restare lì.

Ora non si spara più. Lo spaccio è circoscritto a due angoli di strada, verso il cavalcavia. Il resto sono locali in cui si beve, i ragazzi ridono tutta la notte. A ogni bicchiere alzano il volume della voce. Per dormire, tappi e cuscino sulla testa. O aprire la finestra e urlare inutilmente. O pensare di andar via, non dormire rosicchiando quel pensiero, poi restare.

La Casa delle parole è al primo piano di un edificio degli anni trenta del Millenovecento.

Al pianterreno c'è la vetrina di un vecchio alimentari; il gestore ha montato una grata per scoraggiare dal sedersi coi bicchieri. Io sta esattamente sopra il suo magazzino: il frigorifero del negozio gli fa vibrare i piedi, soprattutto la domenica, quando tutto tace. Il resto della settimana non ci fa caso; sente piuttosto il dlin dlon di ogni cliente che entra nel locale.

Ogni giorno Io arriva poco dopo l'alba, e se ne va all'ora del tramonto. D'inverno prima, d'estate verso cena, seguendo i ritmi del sole. Io non vuol vedere la luce che si accascia e dopo muore.

All'ora di pranzo esce per mangiare qualcosa; il tempo di un panino al bar o un piatto di pasta in trattoria. Non parla con nessuno; se c'è una televisione accesa preferisce, gli piace guardare dentro il rettangolo di luce.

La Casa delle parole è una stanza di due per quattro metri. C'è una finestra, che guarda sulla strada, e una porta che dà direttamente sulle scale. Non c'è il nome di Io al campanello né al citofono. Nessuno suona perché nessuno sa che c'è. Se suonano è per cercare altri, e infatti Io non apre mai.

Nella Casa delle parole ci sono un tavolo, una sedia e una poltrona.

Alle spalle della scrivania una lavagnetta che Moglie ha regalato a Io: ci ha scritto sopra, con un gessetto "Per le tue parole". Le parole di Moglie, la sua grafia limpida e gentile, gli coprono le spalle.

Le pareti sono bianche, non c'è niente appeso; si vedono i fori di chiodi precedenti e il riquadro dell'assenza di quel che c'era. Risale alla vita anteriore della casa.

Io non ha fatto niente per eliminare quelle tracce. Da dentro le cornici che la luce ha ricavato sopra il muro, il passato guarda Io, e Io lo può guardare.

I buchi più grandi verosimilmente sostenevano una mensola. O due, montate in parallelo. Io non ha montato mensole, né ha portato libri. I pochi che ha sono impilati sopra il tavolo, e cambiano continuamente.

Però ha molti quaderni; il modello è l'agendina, formato piccolo, ottanta pagine all'incirca, quadretti grandi oppure a righe, è indifferente. Ci sono riccioli bianchi di gomma da cancellare tra le pagine e sopra il tavolo, che è nero. Sono nevicate minime, circoscritte, di parole eliminate.

La sedia, dietro il tavolo, è una poltrona girevole, da ufficio.
Io sta più spesso voltato verso la finestra, con lo sguardo fisso sull'edificio dall'altra parte della strada. Se qualcuno si affaccia e guarda nella sua direzione, Io si volta e abbassa gli occhi sul computer.
Quando entra nella Casa delle parole, si toglie le scarpe e le lascia accanto alla porta, parallele. Se è estate, toglie anche i calzini; li piega e li infila nello spazio che era occupato dai suoi piedi.
Quando si sfila dalle scarpe e illumina lo schermo del computer, Io si trasferisce in un posto dove Moglie non esiste.
Tutti i giorni, afferra il capo della corda di parole che vede nello schermo, ci si aggrappa e scende giù puntando i piedi nudi contro il muro bianco del suo monitor, fino a sparire, in basso, nella luce.
Di quello che vede quando la luce se lo prende, Io non dice niente né a Moglie né a Bambina; del resto non saprebbe cosa dire.
Sa soltanto che al tramonto torna indietro: si aggrappa alla corda di parole e, puntando di nuovo i piedi contro la parete, si tira su metro dopo metro. Fino a raggiungere la superficie, e ricomparire, oltre il rettangolo luminoso del computer, nello studio.

Di quello che Io vede in quelle ore, a sette minuti di distanza dalla casa in cui vive con Famiglia, resta traccia forse solo nel suo sguardo.
La sera, quando si siede a tavola per cena con Moglie e con Bambina, nessuno gli chiede cosa è successo durante la giornata. Moglie chiede solo com'è andata e lui risponde solo Bene; poi si parla d'altro.
Moglie vorrebbe sapere di più, ma sa che è proprio lì il pericolo maggiore. Sa che l'unica cosa che può fare è aspetta-

re; che un giorno, quando tutto sarà finito e Io le permetterà di leggere, Moglie capirà e redistribuirà tutto, nel ricordo, suddividendolo per cene.

Ma giorno dopo giorno, quello che può fare è solo tentare di decifrare lo sguardo che Io porta a tavola per cena. Cercare di capire se l'irreparabile è già avvenuto, se da qualche parte è rimasto ancora uno spazio per lei. O se Io si è già trasferito altrove, e a casa torna solo per dormire.

6.
Casa sotto la montagna, 1983

Pur essendo una fortezza, è incastonata al terzo piano di un condominio di recente costruzione. Al citofono c'è il cognome di Io stampato con lo stesso carattere degli altri cognomi scritti sulla pulsantiera. È il terzo sulla destra, schiacciandolo col dito si entra in casa con un suono: dentro c'è una famiglia che Padre ha chiuso a chiave e che ogni tanto si affaccia alla finestra.

Io ha otto anni, e se fosse possibile guarderebbe sempre fuori.

Il dove è una località in cui vivono mille persone ai piedi delle Alpi. Sono quasi ottocento chilometri dalla Casa del sottosuolo, la massima distanza per restare dentro i confini nazionali.

Il condominio è parte di un complesso residenziale di cui per anni è stata annunciata la costruzione. Sono tre edifici color senape che perimetrano su tre lati un'aiuola in cui sono conficcati tre cartelli con la scritta "È severamente vietato calpestare le aiuole". Il quarto lato è un parcheggio di modeste dimensioni, che si raggiunge attraverso un reticolo di vialetti acciottolati che conducono ai portoni.

La Casa sotto la montagna è composta di una cucina e due camere. Le stanze si aprono a destra e a sinistra di un corridoio centrale. In fondo, sempre chiusa, la porta in vetro zigrinato del bagno.

La cucina è la prima stanza, entrando, sulla destra. Procedendo, sullo stesso lato, si apre la sala da pranzo. Il mobilio di entrambe le stanze proviene da un mobilificio locale specializzato in arredamento alpino. Il tavolo della cucina, la credenza – così come pure il divano –, le due poltrone e l'armadio sono in legno massiccio e portano inciso un motivo floreale.

La cucina ha un piccolo balcone. L'affaccio dà su un campo coltivato. Oltre il campo la strada, di cui non si vede l'asfalto. Sulla destra si intravede il cimitero, circondato da muri bassi e solidi, e il viale d'ingresso costeggiato di cipressi.

Sulla sinistra le ciminiere della cartiera soffiano nuvole nel cielo. Pur marginale nella topografia del luogo, la cartiera è il polmone della zona, è ciò che garantisce occupazione. Alimenta anche il testosterone degli adolescenti con le copie di scarto delle riviste pornografiche lasciate accanto ai cassoni dello smaltimento. Sarà lì, senza alcuno sforzo di invenzione, che Io avrà la sua prima eiaculazione consapevole, uno sfogo, un soprassalto al basso ventre, senza nemmeno toccarsi con le mani.

Ma non avviene adesso, bisognerà aspettare qualche anno. Per ora la cartiera è solo fumo, ammicco, combustione, e Io è un bambino che lo guarda avvilupparsi sullo sfondo. E guarda spesso anche i ragazzi in bicicletta, lungo la statale, che a gruppi di tre o quattro, urlando e alzandosi eccitati in piedi sui pedali, raggiungono la destinazione, con la promessa di foto di seni e organi sessuali, spesso macchiate da una miscela di pioggia, fango e sperma. Li guarda anche tornare lentamente – ore dopo –, lasciar ronzare le ruote, la catena ferma.

La camera di Io è di fronte alla sala da pranzo. È una stanza grande con un armadio economico a tre ante. Il letto a castello porta in bella evidenza il motivo floreale. È disposto sulla sinistra, entrando.

Io dorme al piano di sopra, protetto da una spalliera in legno massiccio. Ogni sera si arrampica sulla scaletta e la scavalca. Sorella sta al piano sotto.

La finestra dà su un balcone che si sporge sull'aiuola condominiale. Di fronte, poco lontana, incombe la montagna.

La sala da pranzo è la stanza di Padre, allo stesso modo in cui la cucina è di pertinenza di Madre, il che definisce una chiara gerarchia sociale e delle specializzazioni. Padre entra in cucina soltanto per mangiare, Madre nella sala da pranzo soltanto per rifare il letto.

Dopo la cena infatti la sala si trasforma in camera privata. Il divano espelle il talamo matrimoniale. Le poltrone vengono sistemate accanto alla finestra e si accende il televisore, che Padre e Madre guardano da sotto le lenzuola. Quella che si vede entrando dopo cena è una normale camera da letto.

Io apprende così l'esistenza della metamorfosi; l'universo può essere rivoluzionato in qualsiasi momento. Io accetta che il suo mondo venga sovvertito o annullato, se lo decide Padre. Accetta la scomparsa delle cose come un fatto naturale.

A Io basta ritirarsi nel carapace della stanza, scavalcare la staccionata, e mettersi a fissare il soffitto come una tartaruga guarda dall'interno il proprio guscio.

Nella Casa sotto la montagna non ci sono telefoni perché Padre ha bisogno di riposare. Per questo la casa è sempre silenziosa, mentre negli appartamenti sopra e sotto suonano telefoni in continuazione.

Una volta a settimana Madre esce con una manciata di monete e va alla cabina pubblica, a trecento metri di distanza. Gli altri giorni mette da parte le monete per chiamare, dentro un posacenere vicino ai mazzi delle chiavi. Quando Madre torna dalla telefonata, dice che Parenti salutano tutti.

L'assenza del telefono è la barriera contro cui si scontrano le chiamate di Nonna e di Parenti. È il luogo dentro cui Padre ha murato la famiglia di Io.

Murata viva, la famiglia sta al sicuro.

Padre può riposare tranquillo quando vuole.

Madre mette da parte il resto della spesa per chiamare.

7.
Casa di Tartaruga, 1968

Lo spazio non è molto, ma l'impressione non è di un luogo angusto. È concepito per un unico inquilino, una sorta di monolocale con lo stretto indispensabile.

L'entrata è una sola, sul davanti.

Da lì Tartaruga guarda il mondo; da lì, si ritira.

Sulla parte posteriore ci sono due finestre sempre aperte, da cui entra luce ed escono le zampe. Altre aperture sulle due pareti laterali e una più modesta in fondo per la coda.

Il soffitto è a volta, imponente, pur nelle dimensioni ridotte della casa. Le aperture – anteriore, posteriore e laterali – proiettano sulla volta tutto quello a cui Tartaruga passa accanto. Il mondo è ciò che viene proiettato sul soffitto. Se Tartaruga si muove, la proiezione cambia: la volta si fa schermo, la casa è un cinema ambulante.

Il pavimento, così come tutte le altre pareti, è in materiale osseo. Le piastrelle sono una decina, anche se sembrerebbe un'unica gettata.

È austero ma non freddo, elegante con imperfezioni.

Su quel pavimento, più che camminarci, Tartaruga sta sdraiata. Il suolo che calpesta è quello fuori, su cui lascia le sue impronte.

In generale l'interno è sobrio. L'acustica è quella di una grotta: il rumore del mondo ci resta intrappolato, entra dalle finestre e poi comincia a propagarsi. Si spegne poco a poco, sfiatato fuori lentamente.

Da dentro la casa, i tuoni sono boati la cui eco dura a lungo. La pioggia trasforma l'appartamento in un inferno. Ogni goccia è un rullo di tamburi.

Vista da fuori, la casa di Tartaruga è una casa indipendente. Ha un unico piano; niente inquilini sopra e sotto, nessuna interferenza. È senza fondamenta, è appoggiata al suolo.

Il tetto è composto di sessanta tegole intarsiate e di colore scuro.

Il bagno è esterno.

La casa di Tartaruga è anche la sua tomba.

Se la trascina dietro a ogni passo, la abita da viva.

Non dovrà spostarsi quando morirà.

Il contesto urbanistico in cui sorge è lo stesso della Casa del sottosuolo. Roma, gli anni sessanta che digradano, preludono alla fine.

Tartaruga è appena arrivata, ancora non conosce niente. Nonna – non ancora nonna ma soltanto madre di Padre, a sua volta ancora solo figlio – l'ha trovata in mezzo a un prato, in un parco non lontano. Pensava fosse un sasso, ma poi ha visto che si spostava; lentamente, certo, ma il movimento toglieva ogni ambiguità. Quando l'ha raccolta e se l'è portata al viso, Tartaruga si è ritirata dentro casa, ma prima ha visto il cielo.

È tornata ad affacciarsi sentendo la voce di Nonna che parlava; le chiedeva da dove arrivasse, perché fosse lì, dove stesse andando. Vedendo quella faccia da vicino, Tartaruga si è fidata, cosa che non succede sempre.

Tartaruga è ancora piccola, sta tutta su una mano; Nonna l'ha portata sul palmo per il tratto di strada che la separava dal portone della Casa del sottosuolo.

Lungo il tragitto Nonna le ha parlato; hanno incontrato alcune donne, con cui si sono intrattenute qualche istante. Tutte hanno tentato di toccare con un dito la testa di Tartaruga, ma lei è rimasta rintanata.

Per sicurezza è rimasta chiusa in casa per il resto del volo.

Quindi hanno sceso le scale fino al sottosuolo; lì Nonna

ha aperto la porta, acceso le luci, è uscita sul giardino antistante la cucina e l'ha depositata in terra. Tartaruga è corsa dietro al primo vaso. Ci crescerà dentro un gelsomino, che Nonna ha piantato da qualche settimana.

Più che gli edifici, Tartaruga adesso vede vasi, le mattonelle di cemento su cui si sposta, il tubo di gomma verde da cui ogni tanto esce in un unico fiotto l'acqua per i fiori, il tronco di un albero, un secchio scuro.

8.

Casa del sesso, 1991

La Casa del sesso è un appartamento d'angolo, al terzo piano di un palazzo residenziale costruito negli anni cinquanta ai confini di un piccolo centro con ambizioni metropolitane. Sul lato della facciata principale ci sono la cucina e la sala da pranzo, collegate da un balcone. Sull'altro lato, la camera di Ragazza Vergine, quella dei suoi genitori e il bagno. L'arredamento è moderno, in cucina ci sono la lavastoviglie e il forno a microonde, che Io vede per la prima volta. La lavastoviglie produce calore e rumore, motivo per cui la famiglia chiude la porta dopo pranzo. C'è un televisore in ogni stanza, eccezion fatta per quella di Ragazza Vergine.

In sala da pranzo ci sono un divano di cuoio e una poltrona, oltre che un tavolo di legno massiccio – sobrio e privo di stemmi floreali – che viene utilizzato se ci sono ospiti la sera. Durante il giorno diventa la scrivania di Ragazza Vergine: è lì che lei distribuisce i libri e i quaderni per i compiti del suo terzo anno di liceo.

Quasi ogni pomeriggio, Io arriva in bicicletta. Dalla Casa sotto la montagna non sono più di dieci o quindici minuti di statale. Sulle spalle porta uno zaino con i libri di scuola. Sulla salita che porta alla casa di Ragazza Vergine, Io sente tutta la pesantezza delle cose, per questo si alza in piedi sui pedali.

Sul tavolo della sala da pranzo, Io e Ragazza Vergine scoprono l'estasi e lo sconcerto che procura il sesso. Lei si sdraia sopra i libri, apre le gambe, lascia che la gonna le scivoli sui fianchi. Io la penetra vestito, in piedi a capotavola. La porta della sala da pranzo è chiusa, e nessuno dei due pensa che potrebbe aprirsi. Infatti non si apre, né peraltro se ne accorgerebbero, presi dalla furia.

Asintoti, grafici a torta, Cicerone, pagine antologiche di Dante sono il letto su cui si adagia il corpo minuto di Ragazza Vergine. Sono il panorama di Io, quando poi monta sopra il tavolo e ricomincia a spingere con foga. Cicerone, Newton, Pitagora, lo guardano mentre contrae il viso in uno spasmo.

Poi si danno il cambio: Io si rovescia con la schiena sulla tavola e aspetta che lei cominci a cavalcarlo cigolando tutto il suo piacere, stropicciando con le ginocchia i fogli su cui stavano scrivendo.

Alla fine Io si sfila, si libera con uno schiocco del preservativo. Quindi ricominciano a studiare arrossati e con il fiato che lentamente ritrova il proprio andirivieni.

A volte Ragazza Vergine, non paga, ricomincia: sparisce sotto il tavolo, si mette a quattro zampe e gli prende in bocca il membro eretto. Io non si scompone, non stacca un istante la penna dal quaderno. Solo quando eiacula lascia la penna e geme, colpendo il quaderno con il pugno. Dopo, Ragazza Vergine ritorna in superficie, si siede sorridendo senza dire niente, riprende a scrivere come se nulla fosse mai successo.

Ragazza Vergine e Io non sono fidanzati, non si dicono parole di affetto né pronunciano promesse. Sono corpi complementari che si accoppiano tutti i pomeriggi.

Quando Io se ne va, nel tardo pomeriggio, Ragazza Vergine rimette a posto il tavolo; porta libri e quaderni nella sua camera e poi apparecchia per tutta la famiglia. Stende una tovaglia bianca e dispone in bell'ordine le posate accanto ai piatti, e i bicchieri in alto a destra. Non pensa neanche per un attimo a quel che è rimasto sotto, alla traccia che il legno conserva, ai suoi segreti.

9.

Casa semovente di Famiglia, 2008

Di per sé non ha l'autonomia di una dimora, pur resistendo al freddo e alle intemperie. Non conta che sia semovente, che abbia un motore, né che abbia i chilometri indicati sul cruscotto. Come dimora, è un'estensione della Casa di Famiglia.

Tecnicamente è una Fiat Panda, bianca, con civetteria di adesivi, di cui uno, stinto, per infanti. Compattezza, geometria, linea squadrata, e muso dritto, è una dei tanti eredi del barattolo con cui l'Italia ha prodotto in serie e dopo inscatolato la famiglia nuova alla fine dei cinquanta: felici, contenti e tutti uguali, tutti in movimento verso i litorali. Le forme sono anni ottanta senza guizzo, ma affidabilità totale e facilità di recupero dei pezzi di ricambio.

Vernice a parte, che difetta intorno ai fari, se la cava. Il meccanico, a cui viene regolarmente consegnata, rassicura: l'eternità è ciò a cui la Casa semovente aspira. Per i meccanici è fonte di sollievo: si affacciano sulla scena del motore, a cofano alzato e assicurato con il fermo, come su un panorama di grande sensatezza. Tutto si vede, tutto si conosce, su tutto si può facilmente intervenire. Niente centralina elettronica, cioè niente manutenzione come esperienza religiosa. È l'ultimo sprazzo di illuminismo rimasto sul mercato.

La Casa semovente è dove realmente Famiglia prende forma. Ne è stata, fin dal principio, il vero incubatore, il dispositivo che ha consentito e consente la sopravvivenza. Nata imperfetta, la scienza l'ha tenuta in vita laddove la natura l'avrebbe condannata a morte certa. Prima l'assemblaggio delle due parti scompagnate – Io da un lato e dall'altro, senza vincolo di sangue, Moglie con Bambina – poi i punti di sutura. L'intervento è andato bene al primo colpo, non si sono registrati né intoppi né infezioni.

Il passo successivo era il più insidioso – è lì infatti che soccombono quasi tutti gli organismi familiari non conformi alle statistiche maggiori: la sopravvivenza in ambiente esterno, l'esposizione alle minacce del pianeta. La Casa semovente svolge questa delicatissima funzione: è la camera iperbarica in cui Famiglia è stata messa in fase post-operatoria, lo spazio sigillato, metodicamente igienizzato, con cui ha condotto la sua lotta iniziale per la vita. Terapia intensiva il primo anno, poi a scalare successivamente ma senza mai abbandonare lo strumento.

Per questo, in fase iniziale Io + Moglie con Bambina si muovono sempre chiusi dentro il contenitore di lamiera con le ruote. È chiaro a tutti quelli che li vedono passare che sono impegnati in un passaggio delicato, sul crinale sottilissimo che separa la morte certa dalla vita artificiale. Io e Moglie seduti davanti – Io al volante, Moglie accanto.

Il tempo quotidiano che trascorrono nell'incubatore non è mai inferiore alle due ore. Vanno in lungo e in largo per il centro cittadino, ma più spesso infilano la tangenziale a due corsie verso le Alpi oppure l'autostrada verso il mare. Viaggi lunghi e panorama, combinati, sono ciò che allevia il peso della cura: d'altra parte il fuori, se bello, è come un dentro con in più il piacere di goderselo seduti. La campagna circostante, lo specchio d'acqua che si offre svoltando appena sulla provinciale, sono lo scenario perfetto per favorire la rigenerazione cellulare programmata, la metamorfosi cioè da Io + Moglie con Bambina a Famiglia punto e basta.

Quello che succede dentro è visibile dai finestrini, ma è sostanzialmente vita al grado zero. È il propagarsi degli umori corporali in uno spazio chiuso, sollevati e messi in circolo dalle parole pronunciate. La temperatura che si raggiunge dentro la Casa semovente – tra i 20 e i 25 gradi Celsius – è quella necessaria perché si attivi l'auspicata reazione cellulare. Per il resto vale tutto, mangiare patatine, cantare, non dire niente per chilometri, anche litigare o addormentarsi.

Periodicamente Io e Moglie controllano se la terapia sta funzionando. Succede la sera, a tavola o davanti alla televisione o camminando.

Io vorrebbe vedere immediatamente i risultati.

Moglie è molto più paziente.

Bambina crede a chi dei due è più convincente.

Certe sere sembra stia accadendo – si intravedono segnali di Famiglia – e Io e Moglie fanno l'amore fino a notte fonda.

Altre sere invece sembra non succeda niente, Io vede il fossato tra i due lembi, Moglie con Bambina sono distanti – di Famiglia non c'è traccia se non come una reazione andata male.

In quei casi, Io esce a camminare, gira come un gatto per le strade di Torino, rasenta i muri degli edifici, si affaccia alla luce dei portoni, scompare dentro le ombre dei lampioni, tra le auto parcheggiate.

Dalla strada guarda le luci dentro casa, se si senta più libero o più rifiutato è difficile dirlo dalla faccia, ma di solito si capisce dalla camminata. Se vede la Casa semovente tra le linee blu del parcheggio a pagamento la ignora, la lascia alla pigrizia della visione laterale.

10.
Casa di Parenti, 1985

La Casa di Parenti è al secondo piano di una palazzina che ne ha cinque. L'edificio è stato progettato e costruito nei tardi anni sessanta, come del resto il quartiere che c'è intorno.

In linea d'aria, è a tre chilometri dalla Casa del sottosuolo, procedendo verso Fiumicino. Si tratta di camminare mezz'ora in un saliscendi senza insidie. Il paesaggio edilizio, all'arrivo, è omogeneo e tende all'arancione. Giallo in qualche caso, e grigie le ringhiere.

A occhio, potrebbe essere lo stesso quartiere, ma metro dopo metro trascolora, muta su dettagli impercettibili; alla fine del tragitto, oltrepassato lo stradone, non c'è più alcuna somiglianza. È scomparso il parco, non si vedono né cupole né monumenti né le rovine precristiane.

Il centro non è neanche più un pensiero: questo è il centro, l'unico possibile; come in tutte le periferie. Le iscrizioni murali più antiche sono fatte con lo spray e risalgono allo scudetto dell'83.

La Casa di Parenti è soprattutto un corridoio, al fondo del quale Parenti stanno seduti tutto il giorno. Entrando li si vede, rimpiccioliti dalla prospettiva. Qualche volta uno di Parenti si stacca dal fondale e va incontro a chi è arrivato; cresce di dimensione man mano che percorre il corridoio e si avvicina. Quando arriva alla porta è in scala 1:1.

La Casa di Parenti sono poche stanze. Una sala da pranzo che si apre verso la metà del corridoio; ha un tavolo circolare con prolunga incorporata, un divano, una credenza con dentro piatti e bicchieri della festa e un mobile con un televisore di medie dimensioni appoggiato sopra. Rimane chiusa se non utilizzata, e le serrande sono quasi sempre giù.

Il resto è una cucina stretta lunga e modulare, una camera matrimoniale con un armadio quattro stagioni fino al soffitto, e un paio di stanze singole, anonime, in cui dormono Parenti giovani.

La differenza tra le stanze di Parenti giovani e quelle di Parenti vecchi è che nelle prime ci sono bacheche in compensato piene di fotografie, mentre nelle seconde le foto sono contenute in cornici d'argento e hanno dentro sposi o Parenti morti.

Di quella casa, Io ha un ricordo vago e intermittente. La ricorda, poi si dissolve come non fosse mai esistita. Poi riappare, balugina, sparisce.

Per decisione insindacabile di Padre, Parenti scompaiono infatti per periodi più o meno lunghi; a volte mesi, a volte qualche anno; in qualche caso scompaiono per sempre. Viene abolito il nome Parenti dal vocabolario utilizzato nella Casa sotto la montagna. Parenti non esistono più, e se Io o Sorella lo pronunciano, Padre minaccia di abolire anche loro due.

Cancellata la parola, Parenti scompaiono dalla testa di Io.

Solo Madre, quando va alla cabina con la sua scorta di monete, li pronuncia, e quando torna porta il saluto a tutta la famiglia. Ma il giorno in cui telefona, sulla sua faccia il pensiero di Parenti è come un occhio nero. La voce calda di Parenti, per Madre, è un pugno in faccia di cui per giorni porta i segni. Padre quei giorni non la guarda, e aspetta che il livido sparisca.

Poi sparisce, e Madre ringrazia Padre per averle concesso di chiamarli. Il suo modo di dire grazie è far svanire Parenti da ogni suo pensiero. Padre altrimenti glieli vedrebbe nello sguardo. Per questo Madre li ingoia chiudendo gli occhi per lo sforzo: sente che le attraversano la gola, raschiano l'esofago, sfondano il piloro; cadono come una valanga di sassi nello stomaco, anche se da fuori non si sente il rumore che fa la caduta delle ossa.

Parenti sono troppo grandi e troppo duri per sminuzzarli con i denti. Perciò Madre li consegna alle fiamme dell'acido cloridrico. Così la loro casa. È questo il regalo che fa a Padre ogni settimana: Parenti sciolti nello stomaco.

Qualche notte Madre soffre perché la pancia le fa male. Sdraiato nel suo letto, Io sente i suoi lamenti; a volte sente Madre piangere per il dolore, e la voce di Padre, accanto, che le dà istruzioni per farselo passare.

Se i lamenti di Madre sono troppo forti, Padre la porta in ospedale per fare accertamenti. Ma dagli esami che le fanno non si trova mai niente: non c'è niente nello stomaco, non c'è niente nella pancia.

Madre è brava a non lasciare traccia di Parenti, a scioglierli nell'acido. Le infilano un tubo nella gola e lo fanno scendere fino alla bocca dello stomaco. La telecamera sistemata in testa al tubo mostra ogni volta che là in fondo è tutto vuoto. Padre guarda il risultato soddisfatto, poi riporta Madre a casa. E se la notte dopo Madre piange ancora, non vanno in ospedale.

La buona condotta di Madre viene premiata da Padre in camera da letto: Io e Sorella sentono i colpi del divano contro il muro e Madre respirare forte. Il dolore allo stomaco e il sesso diventano un unico lamento.

Sorella si gira contro il muro, Io mette il cuscino sulla testa.

Dopo un po' non si sente più niente.

Così funziona la scomparsa della Casa di Parenti.

Poi riappare.

Per decisione insindacabile di Padre, Madre prende le monete e va alla cabina telefonica per dire che dopo tanto tempo si vedranno. Torna a casa e cerca di nascondere la contentezza. Poi prepara le valigie e Padre le sistema in macchina con compiaciuta geometria.

Nel viaggio dalla Casa sotto la montagna verso Casa di Parenti, Madre fa il riepilogo di Parenti: chi sono, cosa fanno, cosa è successo nel frattempo. Sono otto ore, e Io e Sorella ascoltano distratti; guardano piuttosto le altre macchine accanto in autostrada.

Quando rientrano dentro la Casa di Parenti dopo tanto tempo, di solito c'è qualcuno che si stacca dal fondo del corridoio e si avvicina a Padre, Madre, Io e Sorella. Poi abbraccia tutti e quattro e pronuncia parole da cui si capisce che è contento.

A volte Io riconosce le persone, a volte no. Riconosce lo spazio come se a ricordarlo fosse un altro: non gli è nuovo, ma è una questione che connette l'anima e l'olfatto, esclude il cervello da ogni attribuzione.

Uno dopo l'altro, anche gli altri Parenti li abbracciano; Io e Sorella soprattutto, perché sono dei bambini. Io risponde a tutte le domande che gli fanno perché questo è parte dell'insindacabile decisione di Padre. Sorella sta in silenzio, si rivolge quasi solo a Io quando gli altri parlano tra loro.

Io cerca di distinguerli perché si assomigliano tutti. E assomigliano anche a Madre. E assomigliano anche a Io, cosa che Padre non gli perdona, così come non lo perdona a Madre e non lo perdona a Parenti soprattutto.

Poi vengono tirate su le serrande della sala da pranzo, e apparecchiano per tanti con la tovaglia della festa. Io e Sorella partecipano, anche se non sanno dove trovare i piatti, i bicchieri e le posate.

Durante il pranzo, Io si rivolge agli altri chiamandoli Parenti, perché è così che deve fare. Loro ripetono di continuo che sono felici che anche Io e Sorella siano Parenti. Io guarda Padre per sapere se è corretto, ma Padre tace, vuole vedere come risponderà. Così Io non risponde niente, sorride imbarazzato dalla somiglianza. Ma se gli calassero un tubo nella gola, giù fino allo stomaco, la telecamera mostrerebbe che Parenti non esistono. O forse sì, che esistono – e allora è meglio non correre rischi, meglio non provare, non permettere alla sonda di condurre l'ispezione, deglutire molto e spesso.

11.
Casa di Prigioniero, 1978

Se Io s'infilasse gattonando dentro il rettangolo di luce del televisore che sta nella sala da pranzo della Casa del sottosuolo, percorrerebbe un lungo corridoio che nessuno vede.

All'altra estremità di quel corridoio, dentro la casa in cui si trova rinchiuso per volere altrui, Prigioniero vedrebbe un bambino venirgli incontro in pannolino e canottiera.

Lentamente, e forse senza neanche accorgersi dell'uomo che lo guarda, Io arriverebbe fino a lui. A quel punto non potrebbe non vederlo. Io si aggrapperebbe forse alla gamba dell'uomo per tirarsi in piedi.

Prigioniero lo solleverebbe.

Forse, più probabilmente, Io lo guarderebbe tenendosi a distanza.

La Casa di Prigioniero è grande all'incirca quattro metri quadri. È un unico locale e non ha finestre. C'è un letto rudimentale, contro un muro; una brandina. Al fondo un tavolino e una sedia di legno verniciata.

Io, forse, troverebbe Prigioniero seduto a scrivere su un foglio.

O seduto sopra la brandina. O in terra, con la schiena contro il muro.

C'è una lampadina nuda che pende dal soffitto; è accesa ma non fa vedere niente. Aiuta a vedere che senza di lei ci sarebbero solo il buio e un respiro forte e regolare.

Prigioniero non sa dove è collocata la sua casa nello spazio. Sa solo che finisce lì, che il suo mondo si conclude in quella cubatura.

Non sa che oltre la finestra c'è il parco di una villa abbandonata; non sa che gli alberi si sbracciano su Roma, che intanto è cominciata la primavera.

Non sa di chi sono i talloni che sente battere al piano di sopra ma ne conosce ogni vibrazione.

Non sa che la sua casa è dentro un'altra casa, che a sua volta è dentro un condominio, che è dentro un'altra casa più grande che è l'Italia.

Se Io s'infilasse nel rettangolo di luce del televisore, nella sala da pranzo della Casa del sottosuolo, arriverebbe forse troppo tardi, e uscendo troverebbe solo la brandina, senza Prigioniero.

Si muoverebbe carponi per quello spazio vuoto, le ginocchia contro il pavimento; non avrebbe nient'altro da guardare.

Forse non sentirebbe nemmeno, dalle cantine, i colpi di pistola.

12.
Casa dell'adulterio, 1994

Il luogo è una cittadina di provincia, il fondo indistinto dell'Italia settentrionale, una cittadina equivale a un'altra cittadina a un'altra cittadina a un'altra cittadina di provincia. Usciti da Torino, il resto è provincia sconfinata in ogni direzione.

La Casa dell'adulterio è principalmente una finestra e una visuale. La visuale è da fuori verso dentro, la prospettiva è diagonale, dal basso verso l'alto. In alto, la finestra di Donna con la fede; in basso, al livello della strada, Io diciannovenne con lo sguardo che punta dritto al terzo piano.

Tra la strada e la finestra c'è una colonna. Più che una colonna è un pilastro in calcestruzzo, un impasto cioè di cemento, ghiaia, acqua e sabbia. È dall'altra parte della strada, sta sotto il portico antistante. È il punto di fuga dello sguardo, il luogo dell'appostamento quotidiano. Il punto di contatto è la spalla destra, la sporgenza è mezzo viso.

Del pilastro Io conosce ogni dettaglio. Se compare una scritta nuova la intercetta. Sono poche e quasi tutte a bomboletta; sono nere le anarchiche, rosse le intimiste. Dicono "Ti amo" oppure "Vaffanculo", "Sempre" o "Mai più", e variazioni similari.

La finestra – uguale a tutte le altre del palazzo, cornice laccata, misura standard, a due battenti – è la bocca incaricata, la portavoce di Donna con la fede: è la finestra che parla a

Io dall'alto, che dà disposizioni e senso alla sua attesa. È la bocca del palazzo, l'oracolo amoroso, l'infisso che vaticina sulla durata del suo struggimento.

Parla, e il suo parlare è la ragione per cui Io sta col capo alzato.

La lingua che parla la finestra, quando si rivolge a lui, è fatta di tessuti e geometria. È un alfabeto ortogonale, prevede movimenti in orizzontale e in verticale. Dall'alto verso il basso attraverso l'avvolgibile verde in PVC. Da sinistra verso destra con la tenda in tulle bianco.

Le parole che Donna con la fede pronuncia, e che solo Io può decifrare, sono una combinazione cifrata tra l'asse delle ascisse e quello delle ordinate.

Il verticale è per le comunicazioni pratiche, l'orizzontale è l'emozione.

Asse delle ordinate: avvolgibile a metà, "Marito in casa"; avvolgibile a un terzo, "Marito in procinto di uscire"; avvolgibile a fine corsa, "Appena uscito dalla porta". Avvolgibile chiuso, "Siamo fuori, è inutile aspettare".

Asse delle ascisse: tenda chiusa, "Ti amo ma siamo seduti in questa stanza"; tenda scostata di una decina di centimetri, "Ti amo e tra poco mi vedrai comparire, non distrarti"; tenda a metà, "Ti amo, sto cercando di addormentare Gemelli"; tenda aperta – tulle tutto disposto sulla destra – "Ti amo, sono uscita ma rientro presto, tra poco saremo insieme, chiuderemo questa tenda e faremo l'amore finalmente".

Spalla destra premuta sul pilastro, mento sollevato verso la finestra, Io traduce quel che l'oracolo ha da dire. Se le notizie sono buone, se si avvicina cioè il momento di fare il suo ingresso nella Casa dell'adulterio, sente un brivido che dalle caviglie sale fino all'inguine per poi gonfiargli i pantaloni. Io infila una mano in tasca e si tocca l'erezione. Deglutisce tentando di ridurre la pressione sanguigna sulle tempie.

Se non succede niente, se l'infisso oracolare dice solo di aspettare senza dare un termine all'attesa, e se l'attesa si prolunga senza che nulla si sposti nelle due direzioni già codificate, Io, al contrario, sente che tutto tira verso il basso. La speranza è come un grave, trascina con sé il mento e gli occhi verso il suolo; anche il sesso, appassito, è un peso morto.

L'avvolgibile che poi alla fine sale, anche dopo la più snervante delle attese, solleva in un attimo l'umore di Io. Il rullo che ruota, la trazione che solleva la serranda, tira su anche il mento e il pene di Io, che tornano a guardare la finestra. Tutto è di nuovo orgogliosamente antigravitazionale.

Da quel momento in poi, Io sa che è solo questione di secondi. Può spostare lo sguardo sotto, sul portone. Si aprirà e ne uscirà Marito, con una cartella di pelle sotto il braccio, la cravatta, il capello pettinato e la fede al dito. S'incamminerà verso sinistra, e dopo poco svolterà.

Non sa, Marito, che appena avrà girato, ci sarà qualcuno, dall'altra parte della strada, che si sfilerà in un istante da dietro il pilastro. E anche se lo vedesse, probabilmente non s'insospettirebbe: è solo un ragazzo, ha uno zainetto sulle spalle e un walkman nelle orecchie.

Il ragazzo attraverserà la strada, sparirà dentro il portone da cui Marito è appena uscito. Al terzo piano la finestra dirà, sulle ascisse della tenda, che adesso non c'è più niente da guardare. E per un paio d'ore tacerà.

13.

Casa della radio, 1999

Dal balcone al settimo piano si vedono nitidamente le montagne. Sebbene sia agosto, le cime sono bianche.

Sotto, il corso che porta all'autostrada per Milano; viale e controviale, quattro corsie, ma in queste settimane sono vuote. Non ci sono auto parcheggiate, se non un paio, e resteranno ferme tutto il mese.

L'edificio è dei primi del Novecento, un parallelepipedo annerito ai piani bassi dalle marmitte di auto e motorini. Una scritta, di cui è leggibile soltanto la parola "Sbirri", è parzialmente coperta da un fallo enorme e viola, che nel disegno è raffigurato come un punto esclamativo. Lo scroto, appena staccato, è il punto che, concludendolo, lo fa esclamare.

Il resto del corso sono edifici della stessa altezza; alcuni raggiungono l'ottavo piano. L'impressione è di un unico edificio ininterrotto che si avvia verso la fine di Torino, schiacciato soltanto dalla prospettiva. S'interrompe all'improvviso, con un crollo: dopo l'ultimo edificio cominciano i campi, poi soltanto case basse, e tutto è più vicino al suolo fino all'aeroporto in fondo, e infine è solo il cielo.

Niente a che vedere con la distanza che separa Io, poggiato alla ringhiera del balcone, dall'asfalto. La sua testa è a venti metri dalla strada; domina su tutto quello che sta intorno. Non molto, in questi giorni sfondati nel mezzo dell'estate, ma è un buon punto da cui guardare l'arco alpino.

Io non ha ancora ventiquattro anni, è al suo primo impiego; per l'occasione ha dato il benservito alla coda di cavallo che lo contraddistingueva nei corridoi dell'università. Ha capelli senza guizzi, corti e con basette rifilate. Scrive ancora poesie, ma a vederlo è meno ovvio.

La Casa della radio è un appartamento come gli altri del palazzo, anche se dentro non ci sono letti e camerette, né cucine. Ma le stanze sono quelle, cioè quattro ai due lati di un corridoio. Due di queste sono attrezzate per la conduzione: hanno un tavolo circolare con tre microfoni e, appese all'asta, cuffie auricolari, un posacenere sul tavolo, poster di concerti alle pareti. In fondo alla stanza c'è un mixer sopra un tavolo, e un microfono sospeso.

I muri sono nascosti dalla gommapiuma grigia che assorbe i suoni e trattiene il fumo delle sigarette; lo restituisce poco a poco tutti i giorni.

Nel primo studio è in corso una trasmissione. Un uomo e una donna fingono di litigare, chiacchiericcio. Temi: animali domestici, costumi, agenda degli appuntamenti estivi, il nucleare, asilo nido. Lui annuncia sempre il brano musicale che in sottofondo sta crescendo; lei si lamenta che non si riesce mai a parlare.

La trasmissione è registrata, nello studio non c'è nessuno. Sedie vuote, la finestra aperta, solo le voci dell'uomo e della donna riempiono la stanza, e la pubblicità. Io siede lì dentro per fumare, poi torna nel secondo studio.

Il secondo studio è come il primo ma più piccolo; ogni ora, qualche minuto prima che finisca, Io infila le cuffie e legge il notiziario.

Dura tre minuti, il che significa all'incirca cinque notizie che lui sceglie tra quelle stampate dal fax in redazione. È un rullo da cui si srotola un foglio lunghissimo di carta. C'è un cassetto, poco sotto, dove il foglio va a cadere. Nel fine settimana esonda e cade in terra; da lì si allunga sul pavimento, striscia verso il corridoio con i fatti scritti sopra che si trascinano sulle piastrelle. La realtà è un serpente di carta che si muove.

D'estate non succede niente. A Torino è tradizione, va a tempo con il niente organizzato degli stabilimenti della Fiat. Seppure in dismissione, il Lingotto determina comunque la scansione del tempo cittadino.

Ciò significa che ogni ora, per tre minuti, Io legge il niente suddiviso per notizie. Il niente poi fuoriesce dalle autoradio, nei negozi, nei pochi uffici aperti, nei cantieri, dentro le prigioni, nelle cucine surriscaldate delle case. Le pale dei ventilatori colpiscono il niente e lo fanno vorticare nelle stanze, ne fanno fresco per gente che boccheggia.

Ogni ora Io torna a vedere se il rullo ha partorito altro con cui imbastire un notiziario. Dal corridoio già sente gli aghi della stampante che incidono il foglio riga dopo riga.

Quando si affaccia vede il serpente di carta strisciare in terra. Se non venisse in redazione, se mancasse per una settimana, il serpente raggiungerebbe il balcone e poi si sporgerebbe. Scenderebbe lungo i muri del palazzo e dopo riempirebbe la città.

Ma Io continua a venire tutti i giorni.

Ogni ora ne strappa cinque pezzi.

Quando a fine giornata esce dalla Casa della radio, sa che durante la notte la realtà si rovescerà come sempre sul parquet. Ma Io non se ne curerà, perché avrà smesso di essere importante. Ogni sera infatti chiude la porta, entra in ascensore, e non ci pensa più.

Agosto, del resto, è un mese a cui Io non chiede molto. In questo periodo ha una ragazza con cui si diverte e fa l'amore, il che è sufficiente a guadare il resto dell'estate.

Qualche notte dormono in balcone, a casa di lei, cullati dal traffico sporadico e rassicurante della periferia.

L'ultima stanza della Casa della radio è il gabinetto. Nella vasca da bagno ci sono cinque dita d'acqua. Dentro, a mollo, c'è una tartaruga: è la tartaruga del datore di lavoro di Io, il direttore della radio.

Prima di partire, ha ricevuto tutte le istruzioni necessarie. I barattoli con il mangime sono sotto la scrivania di redazione; è sufficiente un cucchiaio ogni mattina; un paio il fine settimana; mai dimenticare.

La tartaruga a mollo nella vasca è piuttosto grande, e crescerà ancora. Il direttore l'ha messa in braccio a Io per vedere come se la cava. Lui ovviamente se la cava bene; ha sorriso alla tartaruga e lei non ha tirato la testa dentro il carapace.

Poi il capo l'ha messa in acqua e ha riempito la vasca di barchette.

Adesso che è in vacanza, chiama regolarmente per sapere come sta.

Quando va in bagno, Io le parla. Si siede sul water, appoggia i gomiti alle ginocchia e si affaccia sulla vasca.

La tartaruga mulina le zampe e gli nuota incontro producendo piccoli schizzi d'acqua sporca. Tenta di risalire la ceramica della vasca con foga, ma dopo poche prove a vuoto, grattando sullo smalto riscivola nell'acqua.

Due volte a settimana Io cambia l'acqua nella vasca; giorno dopo giorno, infatti, si fa sempre più marrone e la tartaruga nuota nelle proprie deiezioni; anche per questo, dentro il bagno l'aria è irrespirabile.

Io toglie il tappo e aspetta che l'acqua sparisca nello scarico.

Con una paletta raccoglie la cacca in un sacchetto specifico per l'uso.

Quindi s'inginocchia accanto alla vasca da bagno, prende la cornetta della doccia e punta il getto contro la testuggine; lei protende la testa, spalanca la bocca verso l'acqua. È una festa di zampilli sopra la corazza.

Ogni giorno Io tira fuori la tartaruga dalla vasca e la lascia libera di girare per la Casa della radio; lei è indolente, fa pochi passi e poi si ferma.

Qualche volta entra nello studio mentre Io legge le notizie; si spinge fin sotto la sua sedia. Fa caldo, e Io sta sempre a piedi nudi: lei cerca un alluce e vi si avvicina.

Si guardano. Se lo tocca, l'alluce si muove.

Quando la tartaruga entra di buon passo nello studio, Io se ne accorge perché sente dei colpi nelle cuffie, mentre parla. Sono i colpi del carapace sul pavimento – amplificati – che si diffondono via radio per tutta la città.

14.
Casa del sottosuolo, 1975

La polifonia del mondo è in lontananza, o almeno questo è ciò che, al momento, se ne può dire. Io è dentro la placenta, è un ingombro piuttosto marginale rispetto al volume complessivo della pancia che Madre mostra camminando per la casa e per le vie di Roma. Stando ai manuali, ha già le orecchie. Ha anzi quasi tutto, ha tutto per la vita, anzi è proprio pronto, è ormai attrezzato, anche se è ancora troppo presto: la vita lo ucciderebbe prima di dargli l'illusione che dà a tutti, quella di graziarlo, di concedergli l'eterno.

Dunque Io sente da dentro la sua prima vera abitazione, incastonata dentro l'altra, in cima a un colle metropolitano. Quel che sente è pura ipotesi, ma con qualche straccio di verosimiglianza comprende il traffico stradale, le ambulanze, la raucedine di Nonna, lo scroscio d'acqua nel lavello o nella doccia, l'acciottolare casalingo. Comprende certo la voce di Padre, o meglio la sua vibrazione. Come tutti, probabilmente Padre si china sull'uscio chiuso dell'ombelico di sua moglie e lascia che le corde vocali vibrino un saluto. Comprende Sorella, la pressione sul soffitto placentare quando sale in braccio a Madre. Comprende la percussione primitiva di Tartaruga per la casa, il rullo di tamburi con cui prepara il suo venire al mondo. Gli giunge, forse, settimanale, il boato del cannone a salve contro Roma. Tutto il resto è Madre, suo primo ambiente, suo organo sensore, suo rifugio primigenio.

Il resto, ciò che guada il suo primo mare e che Io intercetta, andrebbe cercato setacciando la corteccia cerebrale, il che forse rivelerebbe tutt'altro da ciò che qui si è ipotizzato. Poco importa. Certo è che tutto quello che Io percepisce, in questa fase, è un mondo capovolto, disposto a testa in giù.

Ma questo non è il punto. Il punto è l'urlo di Madre, che comincia nel silenzio della Casa nel sottosuolo, e che poi diventa un grido atterrito, lacerante, un parlare concitato di Padre, e la voce di Nonna, che raccoglie tutto in una decisione, chiamare l'ospedale.

Non è di acque rotte che si parla, non è l'impreparazione evolutiva. È Madre che vomita in salotto, soprattutto sangue e sputo, e ha sangue tra le gambe, si perlustra con le mani, se le porta al viso, e dopo caccia il grido che spacca l'aria di quella porzione di quartiere. Cosa succeda dentro la pancia è difficile da dire, ma per Io si teme il peggio a testa in giù nello scivolo finale. Se questo corrisponda a un boato, nella sua percezione, a un tuono, oppure a niente, è impossibile da dire.

Il resto succede molto in fretta, Madre disposta in casa sopra il letto, Nonna a manovrare, aprirle la camicia sopra il petto, urlare al figlio di tacere e occuparsi di Sorella, dire soltanto "Andrà tutto bene, non c'è niente da temere"; e intanto pulire con un panno il sangue sulle cosce, passare la mano a Madre sui capelli, dire alla pancia "Piccolino". Infine la barella, la sirena nel quartiere, l'ingresso all'ospedale, e poi dopo il dramma il lieto fine, il battito regolare, il bambino è ancora vivo, Roma bellissima autunnale, il cielo perentorio blu cobalto di ogni primo inverno.

E infine il ritorno al sottosuolo, Tartaruga rimasta a fare la guardia dell'attesa, Madre messa a letto e sorvegliata a vista da Nonna, un sonno a fasi alterne, una specie di sorriso devitalizzato. Nonna si occupa di tutto il resto, la spesa, il pranzo per il figlio, la lattuga per la testuggine in giardino, le merende per Sorella. Sul pavimento della sala da pranzo c'è ancora il sangue rappreso uscito dalla bocca, che Nonna porta via con una spugnetta, fumando, senza pensare a troppo altro.

Sopra, sul tavolo, ciò che verosimilmente ha provocato l'urlo, la miccia ipotetica dell'esplosione, il suo casuale innesco o una pura coincidenza disposta come prova, nella ricostruzione: un giornale aperto, le foto di Poeta assassinato, la faccia massacrata, la suola delle scarpe contro l'obiettivo, il corpo steso in canottiera sopra uno sterrato. Nonna lo chiude, e lo poggia sul divano, con un gesto collaudato di manutenzione casalinga.

15.

Casa dell'armadio, 2004

È al settimo piano di un edificio fine Ottocento nel centro di Torino; dentro ci vivono Moglie con Bambina, anche se Moglie non è ancora tale, è ancora solo madre.
Di Io non si sa niente, non è un'ipotesi, forse è una speranza.
Per raggiungere l'appartamento sono sette rampe di scale, che nessuno prende mai; in alternativa c'è un ascensore stretto e lungo, che ha una portata massima di tre persone, come da placchetta informativa.

Dalla terrazza si vede l'arco alpino.
Le montagne, guardate da lassù, sono l'arcata inferiore di una lunga dentatura. Sono denti storti, non allineati; nel complesso appaiono trascurati, bianchi solo a tratti. Mancanza di cure, sembrerebbe; e mancanza di un apparecchio correttore ai tempi della loro infanzia, nell'Oligocene.
L'arcata superiore non si vede, è troppo in alto, la bocca è spalancata.
La casa dove vivono Moglie con Bambina sta dunque al centro di una bocca aperta. Ogni sera l'arcata superiore scende giù per unirsi all'inferiore; è una discesa lenta, sottrae luce gradualmente alle finestre della casa. Poi si chiude come un portellone, e la casa sprofonda dentro il buio.
Ogni mattina lentamente la bocca si riapre, e nella casa torna il giorno.

La casa sono due stanze più due nicchie. La prima nicchia è la cucina, in cui c'è spazio soltanto per chi sta ai fornelli e una finestra in miniatura. L'altra nicchia è il gabinetto: water, lavandino, doccia e lavatrice sono tessere di una composizione che non contempla corpi in movimento.

La prima delle due stanze è un soggiorno con funzione multipla: sala da pranzo, stanza per giochi e compiti di Bambina, studio di Moglie. La seconda è una camera da letto che Moglie ha reso doppia grazie all'inserimento di un armadio divisorio.

Al di qua dell'armadio sta il letto di Moglie; è matrimoniale ma ci dorme un corpo solo. Al di là dell'armadio c'è il letto di Bambina.

L'armadio è poca cosa, non è di certo un muro. È piuttosto teatro, messa in scena di una divisione. Ha sportelli dai due lati così che Moglie e Bambina possano avere esistenze speculari, ciascuna dentro il proprio spazio. A volte aprono un'anta dell'armadio, dai due versanti, nello stesso istante, senza dirsi niente; in quel gesto simultaneo, e con le loro somiglianze, non sembrano due persone ma due epoche diverse di una stessa storia personale.

Da sempre, Moglie non vuole che Bambina dorma insieme a lei. Da sempre Bambina le obietta, rivendicandola, la metà vuota del letto.

Moglie dice che non importa, se non ci dorme un corpo non significa che sia inutilizzata. Per questo la regola resta "Ciascuna nella propria stanza".

Da anni, ogni sera vanno a posizionarsi ciascuna nella propria metà campo, dai due lati dell'armadio.

Scostano le coperte e le lenzuola e infilano dentro gambe e piedi nudi, prendono la posizione. Poggiano entrambe la testa sul cuscino: Moglie la nuca – il cuscino sollevato, e un libro in mano – Bambina la guancia destra, rivolta verso l'armadio che la separa dalla madre.

Dopo un iniziale silenzio concentrato, Bambina lancia la prima parola dall'altra parte dell'armadio. Poi aspetta che le torni indietro, modificata dal fiato della madre. Se tarda troppo a ritornare, gliene manda un'altra finché non la vede ricomparire sopra l'armadio, scendere sul letto come una parola alata. Bambina la colpisce al volo, la rimanda, immagina la madre che la prende.

A volte Moglie si distrae o si assopisce, si infila dentro il primo sogno, e il letto dopo poco è disseminato delle parole cadute di Bambina.

Quando sono troppe, di solito si sveglia e le rilancia.

Non dura mai meno di mezz'ora. Le parole che Bambina lancia quando è sera sono le più grandi di tutta la giornata, sono cresciute un poco ogni ora, a cominciare dal risveglio. A volte sono pesanti, e Moglie sente tutta la fatica che fa Bambina per lanciarle. Per questo quando le vede arrivare, le prende e dopo cerca di svuotarle di tutto quello che c'è dentro.

Fa questa manutenzione in camicia da notte, con la punta delle dita: apre un buco nelle parole di sua figlia e poi le scuote finché diventano leggere. Quindi le rimanda indietro, passano l'armadio come bolle di sapone.

Prima di dormire, Moglie va nella metà campo di Bambina per spegnerle la luce e sistemare il corpo di sua figlia sopra il materasso.

MINISTERO DELLE FINANZE
DIREZIONE GENERALE DEL CATASTO E DEI SERVIZI TECNICI ERARIALI

NUOVO CATASTO EDILIZIO URBANO

Planimetria dell'immobile situato nel Comune di
Ditta
Allegata alla dichiarazione presentata all'Ufficio Tecnico Erariale di

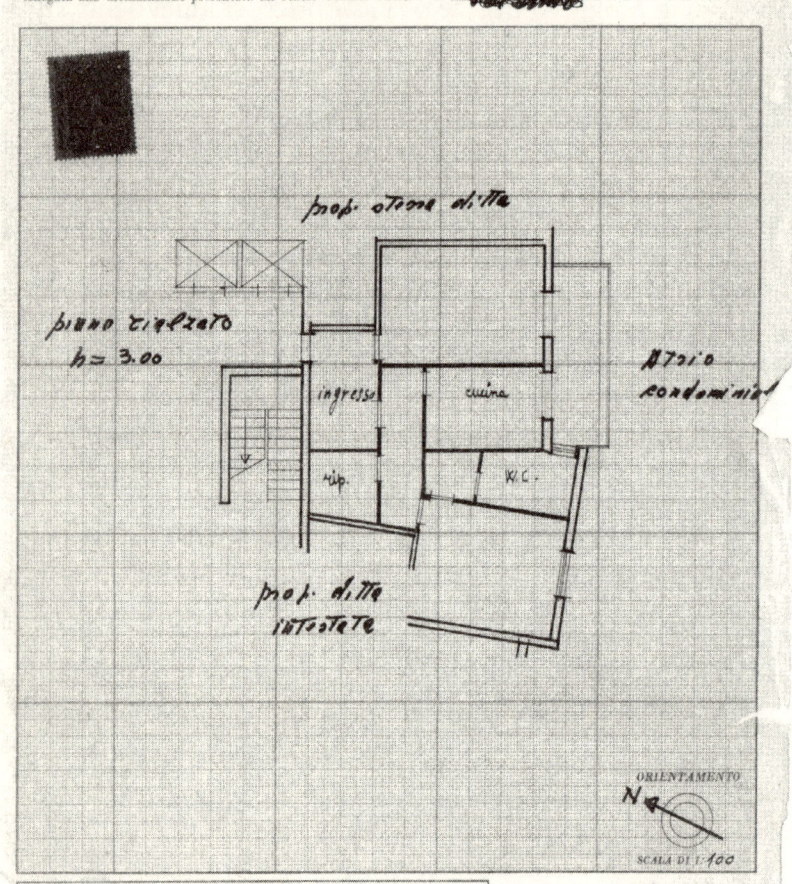

prop. otone ditta

piano rialzato
h = 3.00

ingresso   cucina

rip.   W.C.

Atrio condominio

prop. ditta intestata

ORIENTAMENTO
N
SCALA DI 1:100

SPAZIO RISERVATO PER LE ANNOTAZIONI D'UFFICIO

DATA
PROT. N°

Compilata dal Geometra
Iscritto all'Albo dei Geometri (n° 1646)
della Provincia di
DATA
Firma:

16.

Casa del sottosuolo, 2013

Tartaruga si muove in un perimetro molto ristretto del giardino, difficilmente si allontana dal suo angolo. Se lo fa, è per sortite solitarie che durano il tempo di un pensoso e fugace semicerchio. L'insalata la trova in terra appena fuori dal suo nascondiglio dietro il vaso. Aspetta che non ci sia nessuno nei paraggi, poi arpiona la foglia con una zampata e se l'avvicina. Dopo prende a triturarla con il becco.

In un paio d'ore la finisce, si ritira e tutto torna vuoto come prima.

Nella Casa del sottosuolo, Tartaruga non ci entra, né peraltro c'è qualcuno che la inviti. La lattuga è tutto quello che la coppia che ci vive adesso le concede. Difficile dire se siano loro a non interagire, o se sia Tartaruga a rifiutarli. Certo è che è muro contro muro. A differenza di Nonna, Occupanti usano il giardino di cemento solo per stendere la biancheria. Una volta a settimana si allarga uno striscione di mutande, calzini e pantaloni, che già il giorno dopo non c'è più.

Per il resto, Occupanti stanno quasi sempre chiusi in casa. Nessuno canta più, nessuno grida più; né c'è musica che esca nel giardino per poi sparire dentro il quadrato blu del cielo.

Per cinque settimane, prima d'ora, c'è stato un grande fragore di martelli pneumatici, trapani e seghe circolari. Il giardino si è riempito di macerie che Tartaruga ha visto crescere in cumuli disordinati. In cima, per qualche tempo, ha troneggiato un lavandino. Poi è sparito tutto. Durante quelle settimane di lavori, Tartaruga ha cambiato angolo per non finire travolta dalle cose. Ogni notte è uscita e ha circumnavigato le rovine, unica superstite del crollo di un impero.

Un ragazzo in tuta da lavoro tutte le mattine l'ha nutrita. Le ha parlato, sollevandola e portandosela vicino al viso. Aveva un cappellino con visiera e una barba indomita e imperfetta. Le ha avvicinato il dito perché lei si fidasse, e Tartaruga si è fidata. Non solo per l'insalata che le dava, ma per quel modo di ridere che aveva. E per la radio che ascoltavano mentre il suo mondo andava giù.

Poi hanno lavato il giardino con la pompa, e anche il ragazzo se n'è andato con un ultimo sorriso affaticato.

E sono arrivati Occupanti, con la loro corda del bucato.

Ogni volta che sente la finestra della cucina che si apre, Tartaruga batte in ritirata dentro il carapace. Da lì guarda i piedi di Occupanti fare i pochi passi necessari. Oltre il bucato, il pattume chiuso dentro un sacco.

Ma ora ci sono piedi nuovi, e quelli di Occupanti li precedono verso il centro del giardino. Chiedono agli altri piedi un'opinione, che ne pensano, cioè, della ristrutturazione della casa. I piedi nuovi rispondono confusi, con più esitazione che parole, con una specie di imbarazzo.

È la voce di Io, che arriva da quei piedi. Dal pavimento s'infila dentro il carapace di Tartaruga, dove provoca un sussulto. Si scusa per quel raptus di suonare al campanello, era in transito per Roma, ora abita a Torino; non è sua abitudine importunare le persone, né rivendicare chissà che.

Occupanti hanno toni imbarazzati, non parlano di Nonna, ma degli agenti immobiliari che hanno conosciuto.

Il cuore di Tartaruga batte all'impazzata; la percussione è amplificata dalla cassa acustica del guscio. Per questo spinge la testa oltre il carapace. Da lì, vede i sei piedi incamminarsi verso la cucina, quelli di Io voltarsi un'ultima volta prima di rientrare.

Poi di colpo piove. La corazza è il tamburello su cui il cielo fa esercizi di composizione. Tartaruga, sotto, ascolta e non si muove.

In lontananza il boato del cannone.

17.
Casa del materasso, 1997

È una casa per studenti universitari. Se non bastassero i nomi scritti a penna sul citofono, l'evidenza salterebbe agli occhi allo zerbino: la quantità di scarpe, la disposizione casuale, le stringhe legate una volta e poi per sempre. Che siano maschi, lo dicono il modello e la misura, ma soprattutto un senso di sporcizia complessivo. Non c'è cattivo odore, ma l'estetica è da spogliatoio di un campo di pallone. Sono tre paia sebbene l'abbinamento non sia immediato: il mucchio è unico, è un corpo anomalo, un solido composto di tomaie e suole. Anche il paio che non è da ginnastica – al contrario, esibisce una sorta di ambizione sociale – nella catasta sembra tale.

Le scarpe di Io sono dall'altro lato dello zerbino, slacciate e parallele. Sono scamosciate e palesemente sottomarca. La loro dislocazione dice soprattutto che Io è soltanto in visita, la loro presenza punta il dito sulla pila. Quando se ne andrà, il gruppo di scarpe tornerà compatto, non ci sarà più stonatura.

La casa ha un ingresso che finisce dopo il primo passo, e si è subito in cucina. Lì c'è un tavolo in fòrmica azzurrina, quattro sedie scompagnate e, contro la parete, una cucina impiallacciata e pentole impilate sui fornelli. Nel lavello, una composizione di stoviglie in acqua sporca e un po' di schiuma. Al fondo una finestra, che affaccia sul cortile interno; vista sulle biciclette.

Subito a destra, appena entrati in casa, c'è il bagno: si sviluppa per lungo parallelo alla cucina. Piastrelle color mattone in terra, verdi alle pareti. Il water è al fondo, come una chimera. Dietro la porta, alta, in legno, tre accappatoi. Accanto al lavandino, viluppo di asciugamani sconsolati.

Alla sinistra dell'ingresso si spalanca uno stanzone con pavimento in legno piuttosto trascurato, con listoni a spina di pesce. Su una parete c'è una credenza inizio Novecento: oltre le vetrine, scatola di Cluedo, carte da gioco, un paio di vocabolari, una risma di fogli per stampante. Dove finisce la credenza, comincia una scrivania a rotelle per computer, struttura in acciaio con ripiani. Il monitor è poggiato sul ripiano superiore; il corpo principale, sotto, è una torretta verticale. La tastiera sta su un piano estraibile, compare e scompare alla bisogna.

Per il resto, il salone è quasi vuoto. Ci sono tre poltrone senza una collocazione vera, un tavolino contro un muro e due sedie pieghevoli con sopra accatastati libri e magliette contro lo schienale.

Due finestre danno su una strada poco trafficata.

All'ultima stanza si accede spingendo due ante da saloon, direttamente dalla sala. In uno spazio di pochi metri quadri ci sono, in parallelo, tre letti singoli, con comodini stretti a dividerli tra loro, e tre abat-jour uguali. Finiti i tre letti, la camera è finita. Una finestra dà sulla strada silenziosa.

La Casa del materasso è al piano rialzato di una palazzina liberty. È arredata con mobilio di recupero e una sorta di sfinita decadenza, di trascuratezza generale, ma non cattivo gusto. Una grossa macchia di umido fa da nuvola all'ingresso.

A poca distanza dalla casa, Porta Susa, la seconda stazione – per affluenza treni – di Torino. La mattina presto si sentono i cavi friggere e annunciare un treno. A volte con un fischio per chiedere il via libera.

La notte i vagoni merci fanno agitare i corpi dentro i letti, s'infilano nel sonno. Il quartiere si gira sull'altro fianco, deglutisce, dà qualche colpo di tosse dentro il buio, e poi si riaddormenta.

In quella casa, Io ha un materasso che l'aspetta. Viene sfilato da dietro la credenza ogni volta che ce n'è bisogno. È un materasso ingiallito dal tempo ma di buona fattura: a linee verticali, infarcito di lana grezza, un tempo verosimilmente soffice.
Almeno una volta a settimana, un paio mediamente, dopo le lezioni in università Io si ferma a dormire dagli amici. Invece di attraversare il centro a piedi, raggiungere la stazione, salire sul treno regionale e viaggiare per due ore verso la provincia, Io raggiunge la casa in tram.
C'è un piccolo supermercato di quartiere, poco prima, dove compra qualche busta surgelata con sopra fotografie di patatine fritte, gigantografie di gamberetti o paella cucinata. Prende vino a basso prezzo ma sempre imbottigliato; poi s'incammina con lo zaino e la borsa della spesa verso la Casa del materasso, e suona sui tre nomi scritti a penna.
Il resto è il tavolo di formica, prove tecniche di indipendenza, la messa in scena della fine dell'adolescenza. Dopo cena, a turno qualcuno lava i piatti, e un po' ne lascia per il giorno dopo; poi restano seduti a finire il vino nel bicchiere con la nuca appoggiata contro il muro e gli occhi chiusi. Tutti tranne uno, che si è già alzato a metà cena per tornare davanti al computer. Parlano poco e mai coordinati: o in silenzio o di colpo tutti insieme. Nessuno parla di rivoluzione, l'importante è non tornare a casa dai propri genitori.

La notte Io la passa steso a terra nella sala, sopra il materasso. Ha la credenza come schienale e il pavimento come comodino. Prima di dormire poggia libro e occhiali sul parquet poi abbandona la testa sul cuscino. Le coperte sono sempre quelle, così come federa e lenzuolo; mai passate in lavatrice.
Accanto a lui c'è Ragazzo Digitale, tutt'uno con la scrivania a rotelle del computer. Sul materasso si rovescia, dall'alto,

il baluginio del videogioco. La sagoma di Io, sotto le coperte, è attraversata da lampi di colori: gli cadono addosso tutte le vittorie e tutte le sconfitte dello schermo. Di solito si tratta di uno scenario di bombe, esplosioni e carri armati.

Ma c'è silenzio, di notte Ragazzo Digitale indossa grandi cuffie. Io sente soltanto il cigolare della sedia, che asseconda lo spasmo del corpo che gli siede sopra, la tensione con cui va all'attacco. A tratti si spinge indietro in un istante, s'inarca contro lo schienale, che scricchiola, geme e sembra prossimo a spaccarsi.

A tratti la sala si gonfia dei fari di un'auto che entra dalla strada. Poi l'auto esce dal quadro e nella stanza torna il chiarore della guerra digitale.

Io resta sveglio a lungo guardando il pavimento, a volte fino alle quattro del mattino. Nessuno passa mai la scopa. Io unisce le labbra e soffia piano per allontanare da sé i batuffoli di polvere, pianeti che gravitano lentamente intorno a lui. Sono soffici, si muovono in costellazioni improvvisate. Steso sopra il materasso, Io s'invola in questo spazio, ha una galassia intera, un firmamento d'acari, sporcizia siderale.

Poi arriva sempre il sonno, screziato di tanto in tanto dagli ansiti che gli arrivano dall'alto, dalle imprecazioni che butta fuori sottovoce, dall'esultanza rilasciata in una contrazione, la liberazione dell'orgasmo della sedia.

L'ultima cosa che Io sente è Ragazzo Digitale che si alza, ed è quasi sempre verso l'alba. Sposta la sedia, la sospinge nello spazio che le spetta. Quindi scavalca Io e il suo materasso: visti dall'alto, sembrano precipitati dallo spazio. Va in bagno, si sente l'interruttore della luce, lo sciacquone, e dopo lo scroscio d'acqua e il raschiare dello spazzolino. Infine spinge la porta della camera e va a riempire il terzo letto.

Nel salone, i pianeti volteggiano sopra quello che rimane.

18.
Casa di Prigioniero, 1982

È al primo piano di una palazzina costruita intorno alla fine degli anni sessanta del Millenovecento. Roma arriva fino a qui e poi finisce. Dopo c'è tutto il resto, chilometri di campi più o meno coltivati; erba lasciata al suo destino, ma anche distese di frumento.

I campi si allargano fino a dove si riesce a guardare: sono un mare, Roma è un'isola lì in mezzo, è solo un'eccezione.

<u>Casa di Prigioniero sta all'interno 1, anche se ormai da quattro anni Prigioniero è dietro una lapide di marmo, a cinquanta chilometri da Roma, la scritta dà le spalle al Tevere, che scorre sottostante, e che riporta lentamente a Roma.</u>

Per raggiungere la casa sono pochi gradini dall'androne. Se si arriva in ascensore, la porta è lì davanti: la si vede appena le porte automatiche si aprono. C'è uno zerbino senza scritte né disegni, più o meno uguale a tutti gli altri.

C'è un cognome sul campanello, compare due volte sulla pulsantiera, al primo e all'ultimo piano.

All'ingresso c'è un mobile massiccio, ad altezza vita, incassato in una nicchia. Sopra, appoggiate, due statuette in terracotta; due personaggi, uomo e donna, in costume di epoche diverse, e due centrini a proteggere il ciliegio sotto. Al muro, una cornice con una stampa floreale.

La disposizione della casa importa poco, ed è simile a

quella degli altri appartamenti sopra, identica planimetria, e crescente luminosità.

Quel che conta è la camera occupata quasi per intero da un letto matrimoniale in legno nobilitato. Ha testiera e pediera che si staccano di trenta centimetri dal materasso.

Ogni sera ci si sdraia sopra una signora, la nonna dei due bambini che vivono all'ultimo piano.

I bambini scendono da lei tutti i pomeriggi; se sono da soli per le scale, se insieme ai genitori in ascensore. Aspettano che si aprano le porte automatiche, poi suonano il campanello.

Dopo corrono per casa, giocano a nascondersi dietro le porte. Cercano il perfetto nascondiglio, quello che nessuno può trovare. Ma sperano di essere trovati, altrimenti il gioco è meno divertente. La nonna fa finta di cercarli pronunciando a voce alta i loro nomi. Poi li scova, quasi sempre sono appiattiti sotto il letto con gli occhi chiusi.

Qualche sera chiedono alla nonna di poter passare la notte insieme a lei; di solito ci riescono, altre volte vengono rispediti al quinto piano.

Nella Casa di Prigioniero, i bambini hanno un paio di pigiami, un po' di cambi – mutande, calzini, canottiere – e gli spazzolini sempre in bagno.

Se si fermano per la notte, si fanno prima il bagno e dopo, ancora rossi di calore, a piedi nudi corrono nel letto. Stanno ai due lati della nonna, sotto le coperte, come un angelo e due ali.

Dopo si addormentano, agitano le ali dentro il sonno, scoordinati tra di loro; l'angelo vola sbilenco dentro il cielo buio della storia.

<u>Davanti al letto, in terra, dove prima c'era la parete in cartongesso che delimitava il vero inizio della Casa di Prigioniero, ora c'è una striscia scura sul parquet. Dista meno di due metri dalla parete di fondo della stanza, chiude un rettangolo di circa quattro metri quadri. In teatro, sarebbe sufficiente</u>

per descrivere una stanza. Si vedrebbe Prigioniero chiuso dentro, anche se Prigioniero da quattro anni non c'è più.

Né lei sa – e non lo sanno i suoi nipoti – che c'è stato.

Mentre l'angelo vola sbilenco nel cielo scuro della storia, Prigioniero sta seduto sul letto e scrive a penna sopra un foglio.

Nel buio si sentono sbattere le ali, tra gli sbuffi degli autobus notturni.

19.

Casa di Parenti, 1982

Il tavolo è lo stesso di quando Padre per la prima volta ha portato Nonna da Parenti. A quei tempi Io non esisteva ancora, e Sorella era solo tre conati nello stomaco di Madre. Al terzo conato, deflagrato in un getto a spruzzo e occhi spalancati, era stata la certezza della gravidanza. Da cui alcuni giorni di silenzio concordato e la visita con Nonna da Parenti.

Per la durata dell'incontro, Parenti avevano guardato Nonna cercando di capire chi era Padre. In abito elegante, giallo un po' spericolato e floreale, Nonna era un'incognita sociale: nessuna modestia nel parlare, rossetto tra compiacimento e perdizione, smalto a mani e piedi, e la coscia malcelata, nella spaccatura del vestito. La sigaretta sempre accesa.

Infine il bicchiere a tiro della mano riempito senza l'incoraggiamento di Parenti, e a ogni sorso le frasi intrise di una forma esaltata di disperazione. Ma anche un'evidente sicurezza, di chi ha buone fondamenta; maniere apprese con un esercizio tramandato, e insieme una sudorazione alcolica, fusa in un olezzo sovraccarico, di fiore trapassato.

In buona sostanza, il contrario esatto di Parenti. Loro, un'estrazione sociale modesta ma l'ambizione di un'esistenza programmata, ovvero la noia come garante di una vita ben riuscita, senza l'estro dell'improvvisazione o la mannaia imprevista del destino. Un po' di pancia ai mariti, la televisione accesa nel tinello. Un genere perbene era quello che serviva per chiudere in attivo.

Così Parenti avevano guardato prima Nonna e dopo Padre, l'erede di un naufragio, viziato per genetica, rissoso per indole e consapevole del declino, figlio di una diva decaduta. E ora prossimo genero, parente acquisito per la sventatezza di una figlia, seduta accanto a lui, già malauguratamente ingravidata.

Con l'arrivo di Sorella e poi di Io sono partiti i tentativi di annessione. Parenti hanno invitato Io e Sorella nel tinello, offerto loro la televisione, hanno celebrato il rito della parentela intorno a quello stesso tavolo. Padre ha sempre fatto resistenza. Detesta restare solo con il fallimento, vuole che tutto il nucleo familiare sprofondi insieme a lui.

Questa volta l'annessione è una Polaroid. Nella foto, Io è sul balcone della Casa di Parenti. Tutto intorno, ostensione di lenzuola, e la polifonia condominiale dell'estate: bambini, piatti, televisioni non sintonizzate e il silenzio ventilato dell'ora postprandiale.

Io è in piedi sul balcone con gli scarpini da pallone e la divisa gialla e rossa della Roma. È in posa per la foto di Parenti, sorride spaventato perché sa che per Padre questo è alto tradimento. Parenti che premono il dito sul pulsante è il suo plotone: l'apertura e la chiusura dell'otturatore sono la bocca del fucile. Caricare e poi far fuoco. Dovrebbe voltarsi, quanto meno, farsi prendere alle spalle nell'atto di scappare. Invece sorride imbarazzato.

Padre lo guarda seduto al tavolo, è l'unico che non si è mai alzato.

Poi sono in macchina, e i loro piatti ancora in tavola in Casa di Parenti. Padre ha preso Io dal balcone per un braccio e il resto sono state grida contro il blocco unito di Parenti. "Avete rotto il cazzo", è la frase che ricorda.

Padre adesso guida e non dice niente, è chiaro solo che si

va verso la montagna. L'autostrada è la certezza che per ore non si potrà più uscire.

Io è condannato ad attraversare l'Italia con la divisa della Roma Calcio e le scarpe coi tacchetti. Lo devono vedere tutti dal finestrino, dice Padre, è la gogna che gli spetta, un bambino vestito da cretino sull'A1.

20.
Casa signorile di Famiglia, 2011

La nuova Casa di Famiglia variante signorile non è distante dalla prima Casa di Famiglia, ma è una distanza che fa la differenza. Si sale solo di due strade, ma di parecchio nella scala sociale; da popolare con conforto a facoltosa borghesia di lunga data. Io, Moglie e Bambina sono sempre loro, ma ora hanno un unico cognome al campanello ed è in ottone. È quello di Io, promosso a patriarca, o meglio alla rappresentazione di una tradizione altrimenti inapplicabile a una famiglia messa insieme con pezzi di solitudine e di scarto. Ad ogni modo non ci crede del tutto Io – a quella tradizione – e forse non ci crede davvero neanche Moglie, ma piace a entrambi, rassicura e infonde quel po' di motivazione funzionale a un progetto che comincia.

La metratura è conforme all'ambizione: 150 metri quadri, bagni doppi, marmo in terra, e dove non è marmo è palchetto come Dio comanda. Per Moglie è un ritorno nella classe di partenza, per Io la realizzazione di un sogno piccolo borghese. Stanze ce ne sono in sovrappiù; cinque, forse sei; anche il corridoio, rivestito a librerie, è un luogo che si può abitare. Bambina ha un regno personale, la chiamano la cameretta per tenerla ancora nell'infanzia, ma ha l'ampiezza di un monolocale. Ciò che più si nota è la sala angolare: cinque finestre, spazio di rappresentanza, spande essenza su tutto quello che vi è sistemato dentro. Anche il divano anonimo di

Io ha in questo contesto un'aura che ricorda un lusso un po' slabbrato. Oltre i vetri, paesaggio collinare.

Fuori da lì è tutto signorile come dentro, il quartiere è monocolore. Il che significa, nei fatti, un numero circoscritto di famiglie che si passano mattoni lungo l'asse ereditario. Il quadro urbanistico vede la predominanza di edifici in stile liberty. I balconi hanno parapetto a colonnine e motivi floreali.

Il resto sono piccoli negozi. Frutta allestita e spolverata per gli abitanti del quartiere, perché la buona educazione comprende anche il regno vegetale. I prezzi della merce raramente sono esposti, per un fatto di creanza. Sono elevati ed è rassicurante, il prezzo seleziona la clientela.

Il quartiere non è incline alla filantropia, il che non esclude qualche spiccio di sentimentalismo: fa bene all'umore e cementa lo spirito di classe. È impastato con la malta di un cattolicesimo diventato classe dominante, contiene l'emozione e un po' di ambientalismo. All'uscita del supermercato, la moneta ricevuta in resto insieme allo scontrino cade spesso nel palmo del terzo mondo seduto contro il muro. Accluso al gesto, l'aggettivo "Caro" o "Cara" aggiunge alla concessione una spruzzata di paternalismo. Questo perché l'elargizione è personalizzata. Non basta il colore della pelle, e la povertà non è condizione sufficiente. Serve un rapporto già consolidato. È fondamentale la continuità, riconoscere la mano, vedere che piatisce e non pretende, con educazione.

Varcato il portone del palazzo dove si sono trasferiti Io con Moglie e con Bambina, l'accoglienza a terra è in forma di mosaico: sta scritto 1878. È l'esibizione di una radice, più che di una resistenza, di una discendenza anche nel mattone. La portinaia la pulisce due o tre volte al giorno, per manutenzione. Intrisa di signorilità passiva per prossimità, la portinaia sguinzaglia la ferocia contro i fattorini e dà del lei ai proprietari degli alloggi, senza troppa distinzione generazionale. Dà del lei anche alle manovalanze ma è un lei del tutto differente. È l'esercizio di un disprezzo, è una gentilezza detergente.

La lotta di classe – è evidente nel suo contegno – è una pratica che comunque va espletata: tra le classi a disposizione nel palazzo, lei ha scelto di combattere la propria ogni volta che la vede entrare nell'androne.

Basterebbe il suo sguardo a svelare che quella di Io è solo messa in scena, che è signorile solo il fondale e il suo teatro è pura cartapesta. Io è infatti l'unico affittuario del palazzo, ha un contratto controfirmato e tre mesi di caparra per entrare, nel caso ci fossero danni da pagare. Per la palazzina questa è l'evidenza di una crisi – un'infiltrazione fuori dai tre ceppi familiari –, ma un alloggio vuoto, divorato dalle tarme e eroso dalle spese fa più danni di un affittuario con il 3+2 con cedolare secca. Se passa la crisi finanziaria, in cinque anni lo si può mettere alla porta e ritornare ai vecchi fasti. Se non passa, Io fa manutenzione dei locali, caccia gli acari e gli insetti e tampona l'emorragia che deriva dalle spese.

Se non bastasse, la portinaia glielo ricorda adesso, allo scadere del primo mese di nuova permanenza. Lo chiama per nome, aggiungendoci Signore, mentre Io, insieme con Moglie e con Bambina, è già quasi fuori dal portone. "Le ricordo – mi perdoni l'intrusione – il canone, il notaio si è raccomandato." E gli dà un memorandum, scritto da mano notarile su un foglietto, in cui è riportato un codice alfanumerico e il cognome dell'intestatario. Poi sparisce di nuovo oltre la porta a vetro che la separa dalla scala. La tenda è sciolta, perché è fuori dal suo orario di lavoro. Sopra la porta c'è una madonna con bambino, a cui lei stessa fa manutenzione.

21.

Casa del risparmio, 2000

La Casa del risparmio è un conto corrente bancario. Dunque ha metratura potenziale, può essere angusto o dilatarsi all'infinito, oltre i confini nazionali. Non ha registrazione catastale, non tocca il suolo, è senza fondamenta; ha una firma su un contratto con vincoli reciproci, a vantaggio, come è d'uso, dell'Istituto che l'ha predisposta.

Più che una casa, la si potrebbe dire una caserma. È qui che sta infatti acquartierato l'esercito di Io, il poco denaro accumulato, considerati i suoi venticinque anni. Io recluta risorse per rendere efficace il reggimento. Non c'è un grande rituale, per il reclutamento: la solita firma apposta in calce a un documento e un foglio da conservare tra quelli che non serviranno mai. Con quel gesto, Io si assume la completa responsabilità di chi porta dentro la Casa del risparmio, di chi accede al mistero dei flussi finanziari.

Del resto non è richiesta formazione. Il denaro nasce già addestrato: quando entra, sa già come prendersi cura di un fucile, come pulirlo, come caricarlo, sa come togliere la sicura, sa mirare, conosce la resistenza che il grilletto oppone al dito. E naturalmente conosce i rudimenti della disciplina, sa che la durezza è parte della vita militare, che rigare dritto è il suo mestiere, obbedire e combattere è ciò che deve fare.

La Casa del risparmio l'ha in verità costruita Padre, quando Io era ancora adolescente. Strada a piedi dalla Casa sotto la montagna alla filiale, due corpi e due ombre oblique e parallele, obbligo del pettine per Io, scarpe lucidate, poche parole di Padre nel tragitto. Come conseguenza, mani sudate nelle tasche, Io impacciato davanti alle vetrine della banca, e poi l'ingresso. E poi l'umiliazione successiva, di fronte al direttore, di un palmo così umido, la secrezione della pelle di fronte all'intermediario tra Io e il denaro.

La costruzione della Casa del risparmio è stata agevolata dalla banca grazie all'età imberbe del ragazzo. La clausola aggiuntiva è però che Padre resti di vedetta dentro la caserma a fare da garante. E dunque: Padre in torretta, occhio vigile, monitoraggio entrate e uscite, responsabilità penale. Il tutto però con il plauso del direttore di filiale e stretta di mano finale – a Padre – per aver consegnato alla banca anche il proprio figlio. In premio la banca ha offerto costi di gestione ribassati anche per Padre, e doppia – o tripla – agenda per Natale, da usare anche per la scuola. "D'ora in avanti," ha detto il direttore a Io con un tono da congedo e investitura, "lei rappresenta questa banca." Il Lei, il riguardo grammaticale, è il primo dei beni che Io ottiene grazie al capitale.

Il ritorno a piedi verso la Casa sotto la montagna è un silenzio in senso inverso, con Padre fiero e più ciarliero, e Io con le mani nelle tasche, taciturno e indebitato.

La posa della prima pietra è dunque stata, di fatto, un'invasione. Padre ha fornito il manipolo iniziale: ha convocato un piccolo drappello di propri soldi, dal momento che Io non possedeva ancora niente. I soldi hanno battuto i tacchi contro i tacchi e dopo sono entrati: un contingente minimo ma pur sempre un'occupazione. Sono andati a disporsi nello spazio vuoto in un istante.

Padre ha detto "Ci ho messo una vita perché fossero abbastanza". Perdere anche solo un soldato sarebbe alto tradimento. Ogni caduto, ogni soldo speso male, sarà pagato con il sangue. Per questo è stato chiaro: presidiare le mura, lucidare la canna del fucile, tenersi pronti al fuoco, mettere in conto qualche danno collaterale, qualche spreco di risorse, qualche vittima innocente. Ma mai perdere un soldato. È così che Io è stato iniziato all'arte della guerra.

Da allora, la Casa del risparmio si è ingrandita. Non si registrano ancora perdite, e per questo Io può dirsi soddisfatto. Padre è rimasto di vedetta, anche se formalmente non è più presente. Ha abbandonato la postazione ma ci ha lasciato gli occhi, che continuano a guardare anche senza corpo.

Io passa spesso in ricognizione le sue truppe. Sguardo d'insieme e però anche conteggio delle unità precise. Gli piace molto sedersi a vedere la parata, sentire il tintinnio regolare che fanno i soldi quando gli passano di fianco. È un sentimento di cui un po' si compiace, un poco si vergogna.

Ma la cosa che fa con più apprensione è assistere alla partenza dei drappelli. Io controlla a tutti scarpe, sguardo, postura e convinzione; dalla torretta gli occhi controllano, ovviamente, il controllore. Poi Io li guarda uscire, vede la porta che si apre ed è lì che comincia il suo terrore, il respiro affannato con cui li accompagna stando fermo. Butta l'occhio al resto della truppa, vede quanti sono pochi i soldi residuali. Per giorni pensa solo a questo. Pensa solo a quando torneranno. Di notte sogna la carneficina.

22.
Casa della morte di Poeta, 2018

Invano si cercherebbe il mare, perché il mare da qua dentro non si vede. Si sente, si potrebbe dire, ma è vero solo un paio d'ore a notte fonda e con vento almeno forza 2 nella scala di Beaufort, cioè all'incirca 4 nodi.

Durante il giorno è solo pneumatici su strada. Non troppi, a dire il vero, non c'è gran traffico in via dell'Idroscalo. Ma l'eco di ogni macchina sporca a lungo l'aria, e la luce sopra i capannoni fa rumore.

Soprattutto: l'incongruenza dell'insieme, la ruggine diffusa, l'immondizia sulla strada, le buche nell'asfalto, i relitti di macchine diventate paesaggio di lamiera, tutto questo annulla il mare, lo nega persino come ipotesi, esclude qualsiasi pensiero sconfinato.

Esclude anche l'acqua, in verità, con l'eccezione delle pozze che la pioggia compone nelle buche, in cui anche il cielo si rifiuta di specchiarsi.

Di notte, quando il buio si prende tutto il resto, quando la ruggine mangia cancelli e carrozzerie nel disinteresse generale, quando il mare sciacqua di soppiatto oltre le siepi, nella Casa della morte di Poeta si avverte solo uno strascinarsi in mezzo all'erba.

Procede a scatti, di solito meno di un metro, e poi una pausa, un brucare lento, inequivocabile, di mandibole al lavoro. Poi un'altra accelerata e un altro stop. È una tartaruga, la si direbbe anziana; è la guardiana della Casa.

Lavora soprattutto lungo i margini, descrive masticandolo il perimetro del luogo. Descrive cioè la soglia cancellata che la divide dalla strada, il lato opposto al mare, l'accesso alla via di fuga del cemento. La tartaruga tenta l'evasione per via ruminativa: fare fuori l'erba e azzardare un passaggio su via dell'Idroscalo.

Ciò che si sente nella notte è dunque il lento ruminare d'erba alternato ai colpi del carapace sulle sbarre, una percussione regolare, l'urto e poi il debole, impercettibile, vibrato. È il ritmo dell'ostinazione: ogni tocco è l'illusione di aver eluso la galera, quello dopo testimonia l'insuccesso.

In realtà è una questione millimetrica: la tartaruga riesce ogni volta a farla franca ma solo per un paio di centimetri. È quasi fuori, le sbarre sono dietro, l'erba in cui infila il muso è quella della strada. Se la testa fosse tutto quel che siamo, questa sarebbe libertà. L'occhio della tartaruga ne dà testimonianza: non appena annusa il fuori, si spalanca, è pura esaltazione.

Ma la testa è solo l'avamposto, è sineddoche difettosa: la parte per il tutto non funziona sempre. L'estensione massima del collo, nel suo caso, è quattro centimetri abbondanti, che è anche la lunghezza della fuga. Poi comincia il carapace, che è il colpo che si sente nella notte contro il ferro che la blocca. Il vibrato delle sbarre è il riflettore acceso sul fuggitivo sorpreso al primo metro della corsa.

Il carapace è il suo carceriere, ciò che la protegge la condanna.

Dopo avercela quasi fatta, dopo aver esperito il mondo esterno, visto da vicino pneumatici di auto parcheggiate, la tartaruga ogni volta torna dunque indietro. È una percussione permanente, che non cede mai il posto allo sconforto. Se rinuncia, dopo ore, è solo sfinimento.

Smette di brucare, cerca il buco che si è scavata a pochi metri dall'entrata, e ci si infila dentro. È una fossa, prova tecnica di cimitero.

Così è anche questa notte, in via dell'Idroscalo. La tartaruga s'incastona in pochi istanti nel suo alloggiamento, con una manovra secca, senza sbavature. Poi silenzio, solo il sibilo del vento tra le sbarre.

Nel buio, oltre il cancello, resta la morte di Poeta. Il giardino, tutto intorno, è un lago nero. Il chiarore della luna, imbavagliata da nuvole composte, la ritaglia, la stacca dal fondale blu, tendente al nero, della notte.

La morte di Poeta è un albero in cemento, s'innalza verso il mare. È un albero compatto, un monumento, il mausoleo di un secolo pietrificato.

Io ha provato più volte a vederlo da vicino, ma ha trovato chiuso. L'ha fatto per puro istinto, o per un richiamo, ha guidato fino al litorale. Ha parcheggiato poco avanti, poi l'ha guardato dalle sbarre. Non ha sentito il raspare lento della tartaruga in mezzo all'erba; ogni volta è tornato indietro. E ora è di nuovo qui davanti.

La morte di Poeta non ha foglie ma un pieno in calcestruzzo, resiste alle stagioni, ha il rigor mortis di acqua, sabbia ed elementi lapidei, e il ferro a fare da garante.

Dove muoiono gli uomini sorgono alberi in cemento: la terra si prende i corpi e restituisce calcestruzzo. È così che l'albero in cemento cresce in verticale, senza l'aiuto di nessuno, senza bisogno di essere bagnato. La pioggia lo lava, non lo nutre, il vento lo leviga, negli anni, non lo scuote e non lo piega.

Sulla chioma dell'albero in cemento un ragno ha tessuto la sua tela. È un fabbricare lento, la geometria perfetta e in espansione, di un tranello. Il vento l'attraversa ma non è in grado di strapparla.

Il ragno sta aggrappato alla morte di Poeta, è il suo abitante, condomino febbrile, è un illusionista, non fa sconti, è micidiale con la preda. Forse è l'unico che sente il mare, o che almeno lo intercetta.

Adesso dorme, più semplicemente, nella sua amaca sospesa, come dorme la tartaruga dentro la sua fossa. La morte di Poeta ha i suoi guardiani.

L'auto di Io tossisce poi si mette in moto.

23.

Casa delle pietre, 1984

Si trova al nono piano; la finestra, larga tutta la parete, incornicia la montagna. È estate, eppure la cima trattiene quel po' di neve che consente di pensare anche all'inverno.

La Casa delle pietre è un ospedale, a venticinque chilometri dalla Casa sotto la montagna. Nel dettaglio, e restringendo il campo, è una stanza con dentro quattro letti; hanno l'intelaiatura di metallo, il materasso sollevato di un metro dal pavimento a piastrelle bianche. Tutti i letti sono uguali: stanno dirimpetto, a coppie, con accanto un comodino. Testiera e pediera sono anch'esse di metallo, sette sbarre verticali.

Sui comodini, libri, occhiali, riviste e qualche fiore spalancato.

La porta d'ingresso è quasi sempre aperta. Da lì si vede il corridoio; lo vede soprattutto Madre, dalla sua prospettiva, dal letto accanto alla finestra. C'è un via vai lento e regolare, che non si interrompe neanche nella notte.

Principalmente, è un camminare; sono sagome che attraversano lo spazio, le ali dei camici che si alzano sui fianchi, le barelle spinte a mano, gli alberi a rotelle delle flebo. C'è anche una specie di ininterrotto, ma mai concitato, zoccolare. Piedi bianchi, e poi colpi di tosse, il cigolio delle rotelle, il vibrato delle voci; è lo sciabordio polifonico di questo posto.

La porta si chiude due o tre volte al giorno. Entrano i dottori e gli infermieri, spostano le lenzuola e le coperte per poter vedere i corpi. Osservano le facce delle persone sdraiate sopra i letti. Con gli occhi, inchinandosi, guardano l'esterno; alle parole dei pazienti chiedono di dire che succede dentro, ma a volte sono solo parole affaticate.

Dei quattro letti, due sono occupati. Su uno è sdraiata una bambina, o forse è una ragazza; potrebbe avere tredici così come vent'anni, o diciassette. Accanto ha una sedia sdraio su cui dorme una signora. La si direbbe la mamma, da come le somiglia; la bambina la osserva dal cuscino.

Di fronte, sulla parete opposta della stanza, sta sdraiata Madre. Non si potrebbe dire con certezza se stia dormendo, ma certo non si muove. Sul pavimento, accanto al letto, ci sono le sue pantofole accostate. Aspettano i suoi piedi. Madre ogni tanto si concede, li infila dentro e le fa camminare. Qualche volta per andare in bagno, appena oltre il corridoio. Altre per arrivare alla finestra a guardare quello che si vede: le finestre delle case, le tegole sui tetti, i terrazzi con i fiori, i riflettori, lontani, dello stadio, il suo catino con le curve e le tribune; e naturalmente la pompa di benzina, la ferrovia in fuga verso le montagne, le montagne.

La Casa delle pietre è un parallelepipedo messo in verticale.

La base è stretta; se c'è vento forte la si vede ondeggiare, o così almeno sembra a chi dalla strada guarda in su. Ondeggia insieme agli alberi del parco che si sviluppa non lontano per qualche chilometro quadrato. Oscillano le luci sopra la facciata, le finestre delle stanze, si flettono sui tetti circostanti, i pazienti dentro il letto fanno gemiti diversi.

Sul comodino di Madre c'è una scatolina trasparente a forma di cilindro, con un tappo di plastica marrone.

Le è stato portato in premio dal chirurgo dopo l'intervento; è lo stesso che, dall'altra parte della stanza, ha anche la bambina – o la ragazza.

Lei – la bambina – la mostra come un trofeo agli amici che la vengono a trovare. "Guardate cosa avevo dentro," dice a tutti con lo stesso tono. Poi porge la scatola con dentro le pietrine, ma quasi tutti allontanano la mano.

"Non fanno male," dice lei ridendo. "Si chiamano calcoli biliari."

Madre invece non dice niente, quando Padre le porta Io e Sorella nelle ore di visita serali. Né indica, o mostra, la scatola del premio.

Nemmeno Padre dice niente. Quelle pietre nella scatola di plastica, appoggiate sopra il comodino, sono una sconfitta. Madre non ha sciolto completamente nell'acido Parenti, e alcuni sono lì. Non è stata capace di fare fino in fondo il suo dovere.

Ma Io e Sorella sono contenti di vedere che sta meglio; forse non la sentiranno più piangere nel cuore della notte.

Io va verso la finestra, e dopo fissa la bambina – o la ragazza – sopra l'altro letto, senza avere il coraggio di chiederle come si chiama; o di domandarlo alla donna che le somiglia, nella sdraio accanto.

Torna poi verso il letto di Madre, dove Sorella sta chiedendo cos'è la scatola trasparente con dentro le pietrine. Madre sorride, e dice qualcosa che nessuno si ricorda; ma non dice che è una foto di famiglia.

24.
Casa dell'adulterio, 1994

L'interno della Casa dell'adulterio è una stanza sola, anche se l'appartamento non è un monolocale. Quanto sia la grandezza complessiva dell'alloggio, quale sia la pianta, non è informazione nota. Io non vi ha mai avuto accesso: la porta che apriva la parte restante della casa è sempre stata chiusa.

Il pavimento in marmo dell'ingresso è l'unico che fa avanti e indietro tra la stanza e il resto dell'appartamento. Il pavimento se ne frega delle porte aperte o chiuse, scivola sotto indisturbato. Ma poi non dice niente, e in ogni caso tutte le settimane viene lavata via ogni traccia di quello che sapeva.

A Io interessa quella stanza. È lì che si formano le parole che Donna con la fede dice attraverso la finestra. È l'incubatore del linguaggio, la grotta dove l'alfabeto si impasta di saliva.

Ogni volta che Io vi entra fanno l'amore sul tappeto o sul divano. Non hanno mai tempo di spogliarsi, Io con i jeans alle caviglie e il bacino che lo guida per istinto. Il tappeto è ruvido, Io si sbuccia le ginocchia fino a sanguinare.

Si commetterebbe un'ingiustizia, però, se si dicesse che il resto della casa non esiste. Dietro la porta, infatti, è il regno di Gemelli, è l'habitat in cui sopravvivono quando la madre è sdraiata sul tappeto.

A volte Io sente le loro risate, l'accelerazione della corsa. I passi sono così tanti e così veloci che l'appartamento sembra sterminato e circolare. Per molto tempo, prima che li vedesse da lontano, identici tra loro, quello che Io ha saputo di Gemelli sono stati solo i loro passi: Donna con la fede era la madre di quattro piedi scalmanati e di una risata unica, oltre la porta di una stanza.

A volte Io ha sentito prima un urto, poi scoppiare un doppio pianto, che istante dopo istante è cresciuto di volume. Ma Donna con la fede, intanto, era già dall'altra parte, l'ha sentita ammorbidire i pianti con la voce e poi farli scomparire. Dopo si è accesa la televisione, Gemelli sono diventati un sottofondo di voci registrate. La loro presenza si è fatta palinsesto.

Oggi Gemelli hanno raggiunto la maniglia della porta. L'altezza succede in una notte: un centimetro è spuntato dentro il sonno. Si sono alzati e la mano, per la prima volta, afferrava la maniglia. È così che Gemelli hanno aperto la porta mentre Io era con la loro mamma. Immobilizzarsi nell'amplesso, tacere in quel paesaggio di corpi abbandonati, è stato il primo istinto della coppia.

Dire di più sarebbe soltanto non resistere al pettegolezzo.

25.
Casa del tumore, 2007

Il centro, per Io, non è tanto l'edificio, ma piuttosto quella stanza. È di quella che è geloso, perché ne conosce solo la porta, non sa com'è fatta dentro. Io ha le parole di Moglie, certo, ma non sono sufficienti per vederla.

L'edificio naturalmente ha la sua importanza.

Per essere compreso andrebbe sorvolato quando la sera è già scesa sulle forme circostanti. Si vedrebbero ettari di buio, lo si direbbe un lago circoscritto dalla strada provinciale.

L'edificio sorge nel mezzo; è un'isola in cemento bene illuminata.

La struttura è militare. Compattezza e isolamento sono con ogni evidenza le due linee guida. Il Pentagono ha probabilmente fatto da modello all'architetto, sono entrambi posti per la guerra nucleare. È da lì che ogni giorno viene infatti sferrato l'attacco alle forze organizzate del tumore: fiumi di denaro spesi per la distruzione del nemico cellulare, nel tentativo estremo di far sopravvivere la specie. È un avamposto con attività costante; la guerra chimica è la sua specialità.

Ma da fuori non si sente niente. È un conflitto silenziato, che avviene senza eco. Intorno, la sera, c'è il silenzio delle Alpi, l'immobilità del Cenozoico, il frinire solido di grilli e di cicale. C'è il parcheggio disertato, l'insensatezza dei rettangoli perimetrati in bianco, la geometria del vuoto.

La luce al neon esonda dalle finestre e allaga quello che

c'è intorno, si allarga di una decina di metri oltre il blocco edificato; mangia il buio e scopre i campi, mostra il poco che c'è sopra, essenzialmente fili d'erba.

Per raggiungere la stanza, c'è un sistema di corridoi e porte chiuse. Non è un labirinto, perché l'uscita è un led rosso che resta sempre acceso e conduce, all'occorrenza, fuori in pochi passi. Se è un labirinto, dunque, è facilitato.
Le porte sono tutte uguali, bianche, come bianco è tutto intorno. Bianche sono le pareti, bianchi anche i soffitti. Le maniglie nere delle porte sono le uniche sporgenze. Il bianco, d'altra parte, è l'eterno del colore, non proviene e non conduce altrove. È sospensione, resistenza metafisica al tumore, alla sua metastasi, alla rapida proliferazione cellulare.
I corridoi non hanno finestre. Le uniche aperture sono delle cornici appese alle pareti, di dimensioni variabili ma non dissimili da finestre vere. Sono, a loro modo, panorami, gli unici concessi a chi ha contratto il male.
Si tratta di gigantografie di assegni bancari, la generosità di facoltosi donatori – aziende quotate in Borsa, ma anche filantropi locali, produttori di vini o di vernici – messa in cifre, il loro nome scritto sotto, in stampatello, con la data di emissione. In calce, la firma a mano, la testimonianza di un coinvolgimento personale, ben altro rispetto alla transazione di una banca. Al tempo stesso però è liquidità, pulizia del sangue, bontà pompata dentro il sistema vascolare finanziario. E dunque beneficio intrinseco a tutto l'Occidente, terapia analgesica, nessun effetto permanente ma il sollievo di un istante.
I corridoi hanno queste aperture artificiali a distanza regolare. Sono finestre con vista capitale, paesaggi di generosità aziendale. Sono aperte per rendere il luogo meno angusto, respirare. E rassicurare: per dire che siamo tutti in buone mani, la guerra è guerra ma guardate quanti cuori.

La stanza è il baricentro.
È una porta, soprattutto. Niente di speciale, bianca come

il resto, di fatto invisibile sul muro; la vede solo chi ci deve entrare.

È un passaggio ultraterreno, un varco verso quello che c'è dopo. Per riprendersi la vita, bisogna andare a negoziarla con la morte, giocarsela sul suo terreno. La porta è quell'accesso. Conduce alla dogana, determina ingressi e respingimenti.

Moglie sa quello che c'è dietro, ha calpestato l'erba del trapasso ogni settimana, per alcuni mesi. Negoziazione breve, ma in diverse tappe. La morte non rinuncia facilmente a ciò che le spetta di diritto, minaccia di far saltare il tavolo, alza le richieste, mette clausole che spesso son capestri.

Dopo ogni terapia, Moglie poi è tornata in mezzo ai vivi. Ha portato la morte tra la gente, visibile nell'incarnato, sulle unghie. Delle trattative, ha mostrato le conseguenze, soprattutto, le ha messe in tavola per cena, le ha portate in giro in bicicletta, al cinema, al mercato a far la spesa, le ha sedute al ristorante.

Quindi è ritornata dietro quella porta, e ha proseguito il negoziato.

Tutto ciò avveniva prima che Io la conoscesse.

Moglie è entrata a negoziare con la morte in compagnia a volte di suo padre a volte di un amico, a volte della sorella. Loro sanno cosa c'è dall'altra parte. Si sono seduti al tavolo, le hanno fatto da avvocato. Io no. Loro sanno dire di che colore sono gli occhi della morte, com'è fatta la sua mano, se ha le lentiggini sul viso. Io no.

Sono loro che l'hanno riportata indietro, che l'hanno restituita ai vivi.

Io ha solo la cicatrice da guardare, sullo sterno. Lo fa adesso, mentre Moglie dorme, vi si china sopra nel semibuio della stanza.

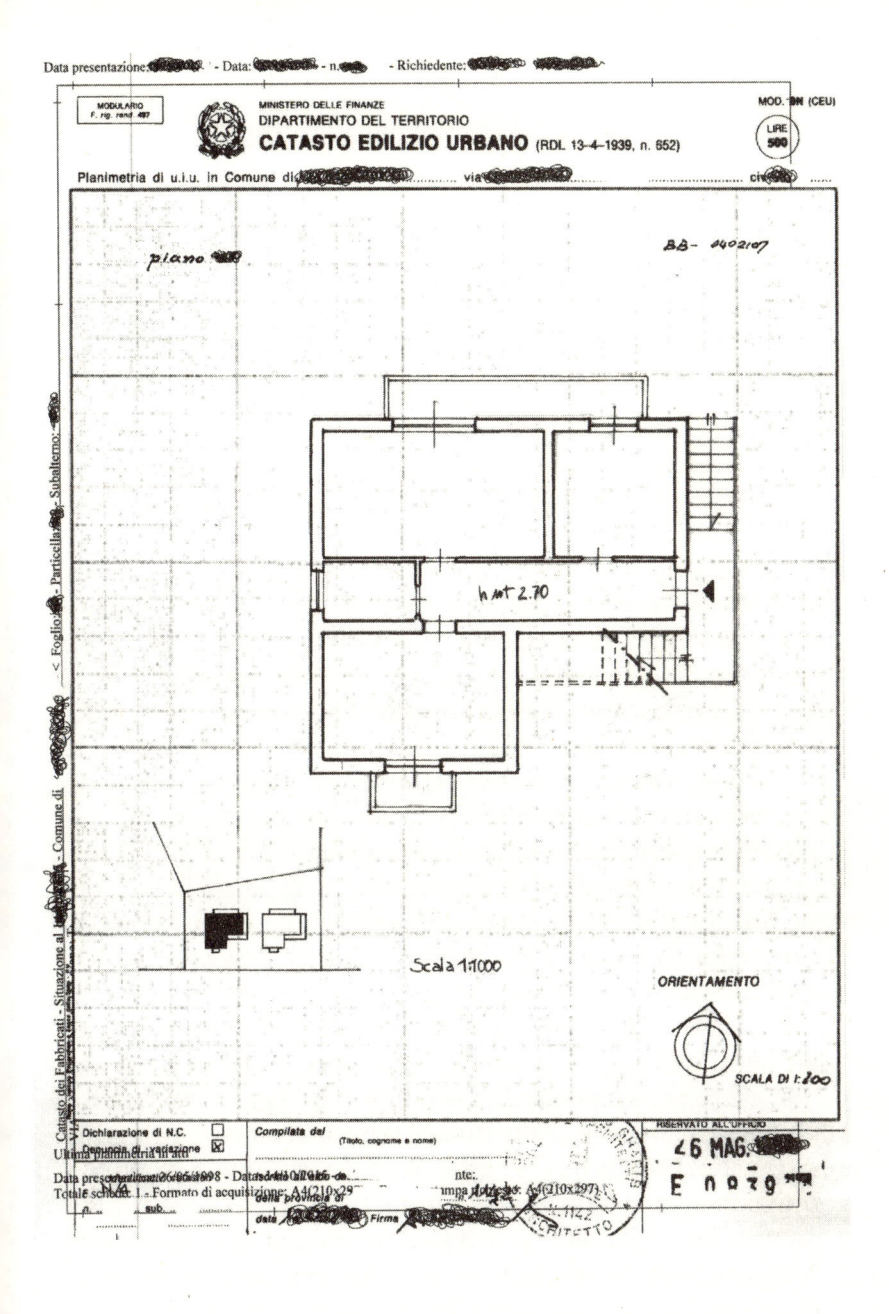

MINISTERO DELLE FINANZE
DIPARTIMENTO DEL TERRITORIO
CATASTO EDILIZIO URBANO (RDL 13-4-1939, n. 652)

Planimetria di u.i.u. in Comune di .... via .... civ ....

piano

BB- 0402107

h mt 2.70

Scala 1:1000

ORIENTAMENTO

SCALA DI 1:100

26.
Casa signorile di Famiglia, 2011

(C'è poi la voce dell'appartamento quando tutto tace, di cui andrebbe reso conto, ovvero la voce della Casa signorile di Famiglia nottetempo, quando i tre corpi che la abitano contano di meno e occupano di certo meno spazio del mobilio. È un dialogo tra specie, tra armadi, comodini e tavole in cucina, tra le tarme, il fremito elettrico del frigo e gli schiocchi di assestamento con cui il legno dice che anche senza le radici non è certo meno vivo. È un dialogo discreto, che non prevede orecchie umane – Io a volte tira su la testa e d'improvviso tutto tace, in un istante resta solo l'eco, l'ultimo tarlo che rosicchia un po' distrattamente e dopo anche lui si fa silente, torna a fare massa con il resto del segreto, e Io si riaddormenta. Ma se lo si potesse ascoltare, per assurdo, e lo si facesse adesso, ci si renderebbe conto che è un dialogo diverso da quello della prima Casa di Famiglia, anche se gli elementi dell'arredo sono gli stessi. Ci si accorgerebbe che non c'è più sussiego, tra la cassapanca di Moglie con Bambina – cassapanca ereditata, simbolo di appartenenza e dunque di anzianità acquisita – e l'armadio di Io in impiallacciato blu posizionato accanto, che le librerie e le sedie si protendono dai due lati della sala, il divano di Io e il tavolino in noce di Moglie che gli sta davanti condividono lo spazio senza rivendicazioni. Ci si accorgerebbe insomma che non c'è più quella ritrosia di prima, quel prendere partito, quel muso lungo che anche una poltrona sa tenere. Che, in definitiva, forse non fanno una famiglia, ammesso che sia cosa da chiedere all'arredo, ma che la Casa signorile nottetempo è un bosco dove succede tutto insieme, dove a schiocco risponde cigolio, e Moglie dorme, e Io le dorme accanto, e Bambina cerca il lato giusto del guanciale, davanti alle colline, e all'illuminazione elettrica comunale nel viale sottostante.)

27.
Casa sotto la montagna, 1985

La stazione dei treni è una casa cantoniera, ed è posta al limitare del paese.

Il colore è quello classico, cioè il rosso pompeiano, e le misure sono quelle di un casello ferroviario di modeste dimensioni. Due piani in tutto: il piano terra per i viaggiatori, e sopra quella che fu l'abitazione per il casellante.

È stata a lungo una stazione di scalo, con un intarsio di binari. Per un secolo ha contemplato la presenza di più treni, con tutto il corredo di convenevoli meccanici, gestiti da uno scambio manuale e da un capostazione. Non troppo lavoro, per lui, una circolazione a basso impatto sulla sua giornata: scendere le scale della casa cantoniera, smarcare il traffico deviando convogli sulle linee. Non grande concentrazione, ma un valore simbolico importante, nella scansione laica del tempo del paese.

Non era bronzea come quella della chiesa, ma anche la stazione aveva la sua campanellina: in materiale povero, una lega mista di stagno e rame, con stagno in percentuale significativa per fare il suo suono più squillante. Un piccolo batacchio colpiva la sagoma compulsivamente, con una punta di isteria.

La canonica del capostazione era la casa cantoniera. C'era poco mistero intorno al suo primo piano: le finestre erano aperte, acciottolio di piatti e risate di bambini. C'erano i panni stesi di tutta la famiglia, lo spartito di colori, di maniche e di pantaloni appesi al filo. Erano loro la vera destinazione di chi arrivava con il treno, la bandiera del paese, profumata di detersivo e ammorbidente.

La sera tutto taceva, si aspettava il treno merci della notte che non faceva fermate, se non la partenza e la destinazione. Il capostazione lo guardava passare alla finestra. Il treno merci scompariva nella curva, seguito dal suo stesso boato, dallo spostamento d'aria di tante tonnellate. A quel punto il casellante buttava il mozzicone, chiudeva le persiane e così finiva la giornata.

Tutto questo avveniva nel passato: è mitologia di Io, è memoria fabbricata ad arte, parole altrui, frasi riportate, forse qualche foto color seppia, il tutto frullato in un ricordo che adesso Io si trova nella testa.

Da prima che Io vivesse nella Casa sotto la montagna, la stazione fu declassata a fermata impresenziata. Erano le prime prove di ingegnerizzazione del lavoro, controllo di gestione, ottimizzazione delle spese. Il che significò che il primo piano della casa cantoniera restò per sempre chiuso, il capostazione fu collocato in un ufficio, mise il cappello in un armadio, e dormì sonni più consueti con la famiglia in una palazzina di città.

È lì, sotto le persiane chiuse della casa cantoniera, che Io è fermo adesso, con Nonna e una valigia accanto ai piedi. L'ha trasportata per tutto il paese: essere grandi è principalmente l'esercizio della forza, e l'ostinazione. E non importa che la valigia sia più grande, quasi, della sua persona, dei suoi dieci anni, ossa lunghe e poco altro.

Dalle finestre sulla strada, dal campo di pallone, tutti hanno visto Io e Nonna attraversare il paese in processione. Tutti hanno visto un bambino e una signora fare pochi passi e poi fermarsi perché lui potesse poggiare il peso in terra. Tutti hanno visto Nonna tentare di aiutarlo, Io schermirsi, allontanarle la mano con la mano, e poi infilarla dentro la maniglia e sollevarla.

Nessuno ha detto niente, ma ha respirato in apprensione.

Nonna ha detto "Non ti devi preoccupare, Padre è molto solo, non è vero che mi vuole morta, a volte gli fa male il pensiero di esser nato, e quella che l'ha messo al mondo sono io: per questo si vuole vendicare. Ma non è cattivo, non mi farà mai male, non lo farà nemmeno a voi".

Le ha solo lanciato la valigia dalle scale, e l'ha spinta fuori dalla porta. Padre ha detto "Accompagnala in stazione, che prenda il primo treno". Io, in calzoncini, ha raccolto la valigia, mentre Nonna si sistemava il vestito trattenendo un urlo in gola.

Il resto è stata la processione, la via crucis per le strade del paese.

Io non ne conosce la ragione, non sa cos'è successo dentro la cucina, mentre lui guardava la montagna; ma adesso sa che è solo il problema di esser nati, è il dolore di venire al mondo, sa che suo padre è anche un figlio.

Poi è la campanella, azionata per così dire da remoto, il treno in avvicinamento. Colpisce rame e stagno ripetutamente, sotto le persiane chiuse al primo piano. Scandisce il tempo delle cose che stanno a questo mondo.

Nonna dice "Piccolino, ormai sei diventato grande".

Alza la voce, per sovrastare il treno, l'ombra scura che si ferma.

Poi sul marciapiede c'è un bambino solo.

Io alza il mento, guarda le finestre.

Dopo torna indietro.

28.

Casa rossa con le ruote, 1978

Della Casa di Prigioniero questa è l'ultima estensione, quella estrema. Il modello è Renault 4, il colore è rosso. Ha sei finestre e sono disposte su tutti e quattro i lati. Da qualsiasi punto, con flessioni minime del collo, è facile vedere il mondo esterno.

Quel rosso, Io lo riconosce. La bocca luminosa del televisore glielo ha iniettato dentro il reticolo nervoso mentre correva nella Casa del sottosuolo. Per questo, anche se non lo ricorda, Io sente quel colore come una fitta dentro il fianco, come una specie di dolore nazionale; lo riconoscerà per sempre e sarà indistinguibile dal sangue.

All'ingresso c'è una targhetta con il nome: Roma N57686.

C'è anche un numero, 90, scritto in bianco su un adesivo circolare rosso. Indica la velocità che, viaggiando, la Casa rossa non deve superare.

Ora però ha le porte chiuse. Non c'è nessuno dentro, o così almeno pare. Altre auto parcheggiate davanti e dietro, mattina presto.

È disposta sul lato di una chiesa; ci sono tre gradini da salire, prima del portale, ma tanto è chiuso e nessuno sentirebbe. La chiesa è immobile da più di mille anni, mentre tutto intorno a lei si muove.

L'ultima Casa di Prigioniero è lì da poche ore, o minuti;

non è neanche un battito di ciglia, a confronto dell'eternità che dentro la chiesa è contenuta.

La facciata della chiesa è stretta in un reticolo di tubi, un ponteggio di assi di legno, scale di acciaio, parapetti, ancoraggi a muro. Anche l'eternità ha bisogno di manutenzione.

Al fondo della strada, alle sue spalle, altre auto transitano e poi spariscono verso il Foro, dirette verso il 300 a.C.

Sono ancora poche ma presto aumenteranno, si salderanno in un unico modulo multicolore che si sposta sollevato su pneumatici e cerchioni.

Dentro la Casa rossa tutte le luci sono spente.

Il sedile posteriore sembra manomesso.

Nel bagagliaio, sul fondo, c'è una coperta di lana, di color cammello, che avvolge qualcosa di voluminoso; occupa tutto lo spazio disponibile, cioè mezzo metro cubo.

La coperta contiene il corpo senza vita di Prigioniero.

Lo spazio che ha a disposizione coincide con la salma.

Prigioniero è raccolto a feto. Si prepara a uscire, a bucare, dall'interno, il mondo che sta fuori.

È buio, lì dentro, forse filtra appena un po' di luce.

Prigioniero è ben vestito: ha un abito blu, una camicia a righe, la cravatta ben annodata alla base della gola; forse un gilet. Le scarpe nere.

La testa è pettinata e appena sollevata. È appoggiata – oltre la parete soffice della coperta – sulla ruota di scorta. In un contenitore di plastica, accanto, le catene per la neve.

Vicino ai piedi di Prigioniero, ma sempre dentro la coperta, c'è una busta di plastica. Contiene un braccialetto e un orologio. Sono la dotazione che ha Prigioniero per morire. Il corpo morto ha bloccato il tempo, mentre l'orologio, accanto, l'ha scavalcato e prosegue ticchettando.

Ora ci sono molte persone davanti. La strada è transennata; la chiesa è ancora chiusa.

Due uomini in divisa sollevano il portellone; vedono la coperta, intuiscono l'ingombro. Accanto a loro, in piedi, un prete.

All'apertura del portellone, a Prigioniero forse arriva un po' di sole. Se si agiti o resti immobile, è cosa impossibile da dire.

Gli uomini si chinano, scostano due lembi, fanno venire allo scoperto il corpo rannicchiato.

Tutte le teste si piegano a guardare ma nessuno dice niente. Una faccia poi lo riconosce e dice il nome, come se fosse appena nato; dice che è proprio Prigioniero.

È così che nasce la sua morte, e in poche ore finisce sul giornale.

Il prete – in diretta nazionale, Io è solo uno io minuscolo tra gli altri davanti al televisore – gli impone il segno della croce.

29.
Casa del recinto, 1995

Il tavolo è quello che nella Casa sotto la montagna stava costretto in un angolo vicino alla finestra. Ora finalmente si merita una stanza, e soprattutto può mostrare tutta la sua apertura alare: è finita l'era della mortificazione, i due semicerchi possono sganciarsi e lasciare che il pannello supplementare, estratto dal suo alloggiamento, si sollevi nel mezzo e li distanzi. Grazie alla prolunga, il cerchio rinuncia alla chiusura stagna e può rilassarsi in un ovale.

Come ogni oggetto d'arredo, anche il tavolo dispone le persone indipendentemente da ciò che lo circonda, e non importa che oltre la finestra non ci sia più la montagna ma una specie di sottofondo cittadino, perché fuori c'è la neve, sono le vacanze di Natale e al centro del tavolo c'è una scatola da gioco. Intorno a quel magnete in cartoncino, Padre, Madre, Sorella, Nonna e Io lanciano i dadi a turno e si muovono sul piano.

È un rituale logorato, è la messa in scena obbligata dell'infanzia e del nido familiare. Ma l'infanzia è troppo scheggiata perché la si possa maneggiare senza farsi male. Il tabellone è aperto sopra la tovaglia, a fine pasto: è come la parata di un regime a cui nessuno crede più: tutti in divisa, tutti scontenti a sperare che presto sia finita. La presenza di Nonna, in visita alla casa nuova per le feste, certifica e legittima la scena. Sorella e Io hanno corpi di ventenni chiusi in modi da bambini, esultano a comando per le concessioni della sorte numerata, sono i dadi a stabilire il codice emotivo.

Sul tabellone di gioco, la pianta stilizzata di un appartamento: si cerca l'assassino, si dispone e si muove per le stanze l'arma del delitto. È molto più grande della casa in cui è in corso la partita ma è la medesima attribuzione delle colpe: Padre pensa che sia Nonna, Sorella e Io sono uniti contro Padre. Madre spera solo che non finisca come ormai finisce quasi tutto, che si resti dentro la finzione, che non la si rompa per schiaffeggiarsi fuori.

Ma la tensione questa volta non li strozza, l'assassino è Io, pedina verde, l'arma del delitto è il candeliere, la stanza dove ha luogo l'omicidio è la biblioteca. Io vorrebbe protestare, ma poi tace, e tutto poi finisce ripiegato senza drammi. La Casa del recinto è stata inaugurata, la parata si è conclusa.

Padre l'ha mostrata a Nonna il pomeriggio con orgoglio malcelato e un po' di stizza. Le ha mostrato, arrivando in macchina dalla stazione, il parallelepipedo in cemento armato al centro del quartiere: gliel'ha anche rinfacciata, in qualche modo, la solidità del figlio contro la vita dissipata di sua madre. La lucina lampeggiante del recinto li ha lasciati entrare, manovra già sicura – quasi un'inversione – e posto auto riservato. L'ha aiutata a scendere offrendole la mano, ha preso la valigia e l'ha portata su.

I parallelepipedi sono sei, recintati e isolati dal decoro della zona. Il fuori è un quartiere residenziale di provincia, è la città che caccia la campagna dai suoi spazi, la spaventa con le ruspe. Poi pianta l'erba nelle aiuole in memoria dei campi coltivati, una commemorazione geometrica, tombale. I bordi sono rifiniti con il decespugliatore: è una questione di dettagli che determina lo stile. Il resto lo fanno i gerani sui balconi.

La casa è uguale a tutte le altre del recinto. Ingresso, due camere, sala più cucina, pareti interne in cartongesso, bagno cieco: un rettangolo di 70 metri quadri suddiviso però dignitosamente in cinque spazi e due balconi. I sei parallelepipedi danno forma all'intera proprietà intestata alla partecipata statale di cui Padre è funzionario. L'idea che soggiace è che l'identità statale è fatta in calcestruzzo. Il resto è stare dentro tutti uguali, diventare paesaggio di cemento.

Ma la questione centrale in realtà è il sogno della casa: affitto calmierato e la prospettiva di diventare proprietari in pochi anni a un importo fuori dal mercato. Ambire al sempre, insomma, e non alla solita cadenza mensile fissata dal salario e dall'affitto.

Quando Nonna finisce il giro della Casa del recinto, dice "Bravo, sono contenta". È evidente che non è contenta, che quello che ha visto è il contrario di tutto quello che le piace – ma anche che è un pericolo scampato, che poteva finire molto peggio. Ripete "Bravo, sono contenta", e la seconda volta è la frase di una madre. "Va immaginata anche in prospettiva," risponde allora Padre, "senza scatoloni." Madre, Io e Sorella, si tengono un po' a lato, a qualche metro: è un'altra la famiglia che va in scena in quell'istante, è una scena distante un paio di anni luce, arriva da un passato di cui non fanno parte.

In cucina, Padre guarda le scatole impilate contro il muro, guarda il soffitto, i battiscopa. Dice "Non è molto grande ma è per sempre". Non dice che il sempre dello Stato differisce dall'eterno, che è una specie di eterno offerto ai non abbienti, cioè 99 anni – che è molto più di quanto ciascuno dei presenti, Io compreso, è in grado di pensare. Ma è il sempre che Padre riesce a offrire alla famiglia: un sempre più concreto, con un contratto e un conto alla rovescia che per ora non spaventa. Fra un secolo nessuno di loro sarà qui a vedere il momento in cui, allo scoccare dell'ultimo secondo, la casa tornerà niente e l'anima lascerà la muratura.

30.
Casa sopra i tetti, 2004

Parigi è facile da immaginare. È già pronta nella testa, non richiede grandi sforzi. La conoscenza diretta non è condizione necessaria. Lo stereotipo è un dispositivo sufficiente, è immaginazione surgelata. Va appena riscaldata con le microonde cerebrali.

S'inseriscano gli attivatori verbali necessari allo scongelamento di Parigi. Si scriva "Tour Eiffel", "Bateaux Mouches"; si scriva "Senna", "Bouquinistes". Si aggiungano "Montmartre" e "la piazza degli artisti".

Adesso Parigi è pronta da servire. Si sentono le voci, gli organetti, si percepisce l'intensità violetta delle luci, si annusa l'odore delle crêpes.

Una volta aperta la città, adesso si restringa il campo. Si visualizzi Montmartre: si diano le spalle al Sacré-Cœur, poi si torni indietro, compaiano i ritrattisti sulla piazza; si disponga qualche turista sulle sedie. Si proceda ulteriormente verso l'interno del quartiere, si sfumino le voci.

Si raggiunga l'edificio d'angolo, si digiti il codice d'ingresso, 8BC2.

Si salga ora di sette piani dal livello della strada, in ascensore.

Si accenda la luce in corridoio, si raggiunga l'ultima porta sulla destra.

Si visualizzino quindici metri quadri, un rettangolo perfetto. Si metta seduto Io su una sedia, i gomiti sul tavolo, una giovinezza consolidata in età adulta. Una finestra sopra i tetti.

La borsa della spesa sta all'ingresso, è una torre di lattine, birra a basso costo, l'obolo che Io paga all'insensatezza che l'ha portato qui: una fuga in senso stretto, l'elusione dell'affitto, e la consolazione solo di essere invidiato. La geografia della sua insensatezza è europea e va per capitali: Berlino, Amsterdam, Parigi. Case sempre offerte, da sindrome dell'orfano impaurito: attira mecenati fuori tempo massimo con l'unica ambizione di dare un po' di affetto e contribuire a una peraltro incerta gloria nel futuro. Io ogni volta dice grazie, fa le valigie, poi si trasferisce e si chiude dentro casa.
Le lattine e i surgelati sono ciò per cui si sfila dalla casa in settimana. Scende la collina, si mette in coda, paga, torna indietro e dopo lentamente li consuma, come fa Tartaruga con la foglia di lattuga dietro il vaso. Con la sporta della spesa, sul ritorno, ogni tanto taglia la piazza degli artisti; non si ferma ma li guarda ritrarre visi con comprensione da pittori. Li guarda come un panorama di pacificante sensatezza, il turismo come ragione sufficiente.

La Casa sopra i tetti è una scatola con tre finestre, di cui una con balcone. È una mansarda, un monolocale.
Lo spazio è poco, stando all'oggettività del dato catastale: tre metri di larghezza e cinque di lunghezza. Ma l'illusionismo è l'angelo del luogo – e la birra mette il resto: motivo per cui Io ci vede due camere e cucina. Di più: una cucina, una camera da letto e uno studio, quello in cui adesso sta seduto.
L'esposizione è nordovest, verso la Manica e il porto di Le Havre.
La cucina è contro la parete, sulla sinistra entrando in casa. È, in sostanza, un piano cottura elettrico portatile appoggiato su un ripiano. Ha due fuochi, cioè due piastre in ghisa circolari di diversa dimensione; la più piccola buona per uova al tegamino e caffettiera. La maggiore per il resto.
Dalla cucina si accede direttamente al balconcino, la cui

superficie è quella di un cestello sollevato da un carrello elevatore: c'è spazio solo per una persona in piedi. Io ha provato a inserire una sedia per sedersi a leggere di fronte al panorama parigino. C'è spazio per la sedia, ma non per un corpo con un libro. Per questo Io esce e legge in piedi.

Lo spazio che Io chiama "studio" è di fatto circoscritto da un tappeto a dominante rossa con intarsi blu. Più tecnicamente, è un arazzo scolorito. Sopra l'arazzo c'è un tavolino in legno non pregiato, una scrivania modesta con davanti una sedia di fattura somigliante. Sul tavolo, un computer portatile sempre acceso, un quaderno aperto, libri sparsi, un bicchiere con dell'acqua, fogli, post-it, note scritte a mano. Davanti, una finestra; una tendina a rullo di carta impedisce la visuale.

È dentro questo spazio che Io trascorre molte ore della sua giornata battendo le dita sopra i tasti. Entra la mattina presto varcando la soglia dell'arazzo, ne esce solo per i bisogni corporali.

Lo studio è, nei fatti, un ring: basta scavalcare una linea di tessuto per entrare. Su quel ring Io prende a pugni l'alfabeto. È sempre in attacco, non si difende mai. Abbassa la testa convinto che basti questo per entrare in una frase, per metterla alle corde. Si aggiunga che si muove poco sulle gambe, che è ostinato e colpisce sempre nello stesso punto; che quando l'alfabeto contrattacca non reagisce, resta lì impalato a farsele suonare.

La sera scavalca il ring, esce dall'arazzo e batte in ritirata sopra il letto.

La "camera da letto" è la terza stanza del suo monolocale parigino. Uscendo dal tappeto è un altro metro sulla destra. Con due passi, Io si alza dalla sedia e si trova sopra il materasso. È un letto matrimoniale di cui Io scompiglia, dormendo, la sola parte destra. La mattina, la sinistra è ancora intatta, stirata, il cuscino gonfio di piume, senza grinze. Io si sveglia, sposta le coperte, si alza, e poi ricompone la sua parte. Il resto è doccia, pentolino con il latte, colazione in piedi e sul ring un'altra volta, polpastrelli contro i tasti, la ruota che spinge le lancette alla giornata. È così che la domanda – che ci faccio in questa casa? – scrivendo è sempre accantonata.

(Poi c'è Parigi, quella vera, Io ci s'infila dentro a tarda sera, di solito nel fine settimana. Lo fa soprattutto per sopravvivenza, per salvarsi in altro modo, e allora cammina sfinito al lungo Senna, o tra le siepi delle Tuileries. A volte finisce in un locale di Belleville, o a Bastille, e la notte ogni tanto in qualche letto sconosciuto, da poeta maledetto fuori sede – dove viene quasi sempre tutto male, ma al risveglio vede case nuove e prende carezze di consolazione – e la mattina si ritira sopra i tetti, dentro le parole, e chiude la vita a due mandate, ancora una volta, dentro una parentesi finale.)

31.

Ultima casa di Poeta, 1962

È l'ultima casa di Poeta: quella, per intenderci, in cui non farà ritorno. Ma per ora non è nemmeno muratura. Da atto notarile, acclusi tutti i documenti necessari, occupa soltanto poco spazio, benché controfirmato dalle parti. Sorge, si direbbe, sopra un foglio a righe con margini regolamentari, un paio di centimetri a sinistra, doppio il margine di destra.

Sorgerà realmente dopo che la trattativa si è conclusa. L'atto è infatti una promessa edilizia, ancora prima che una compravendita effettuata.

Il foglio, poi fascicolato, è l'unico legalmente autorizzato per gli avvicendamenti immobiliari: la carta è il vero suolo pubblico della burocrazia, ciò che costituisce le fondamenta dello Stato. Il resto è soltanto la conseguenza dell'intreccio tra il denaro e l'alfabeto. Il linguaggio, tenuto insieme dalla malta del denaro, è il materiale di costruzione del potere. Il Notaio è l'evidenza di questo connubio, pertanto la sua parcella non è mai sovrastimata.

L'acquirente è Poeta, evidentemente. Vediamo la sua firma tra le firme sui bordi del foglio protocollo: è chiara, persino elementare e s'impegna a versare una manciata di milioni in due distinti versamenti. Si accolla inoltre il mutuo concesso dal Credito fondiario di una banca.

L'ultima casa di Poeta, innalzata sopra un foglio protocollo a righe il giorno 12 novembre del 1962, è un fabbricato di futura costruzione. Si tratta di un immobile, stando all'atto, situato in zona periferica di Roma in area non destinata alla costruzione di ville signorili o parco privato – non ha caratteristiche di lusso, ai sensi della legge 2 luglio 1949 numero 408.

Il quartiere in cui sorgerà l'Ultima casa di Poeta – l'EUR – è la monumentale evidenza di quanto l'esibizione del fallimento sia, in Italia, la vera matrice di ogni forma di potere. Sorto dove il Duce pose un fallico pino con vanga di rito e apoteosi, destinato a collegare Roma al Mar Tirreno, è l'acronimo di un'Esposizione Universale Romana che non si tenne mai. Trionfo del cemento armato con retorica imperiale, tonnellate di chiodi, ferro e calcestruzzo, è l'emblema monumentale di ciò su cui si fonda la nazione: l'importanza di articolare una promessa come inizio e conclusione di un processo, senza curarsi di ciò che viene dopo. Dare per scontato che della promessa conta solo il senso della frase.

La conseguenza urbanistica è quella di abitare il fallimento – in questo caso un evento mai avvenuto – come fosse un trionfo: innervarlo di strade, iniettare vita, automobili, negozi, ospedali, offrirlo alla vista come modello da imitare. Convertire infine il tutto in propaganda: il denaro si è ormai raffreddato nel cemento, si è innalzato al cielo, ha prodotto estetica e consenso; il resto conta poco, e la promessa è solo carta straccia.

Il fabbricato è ancora senza civico, però è edificato sul lotto 105 della planimetria dell'EUR, con la particella 52. Apporre il civico 9 all'ingresso del vialetto, è il soffio vitale dell'atto notarile. Da allora in poi sarà registrato per sempre nel catasto, il registro cioè con cui lo Stato sancisce la sua annessione dello spazio.

L'appartamento è al piano giardino, lato ovest, contraddistinto con l'interno 2, ha sei camere, servizi e giardino privato a livello, confinante con chiostrina, vano scala, appartamento e giardino interno 3, rampa di accesso. A ciò si aggiunga un settimo dell'autorimessa al piano cantine.

Ma lo spazio dell'Ultima casa di Poeta ancora non vuol

dire niente, è solo planimetria – acclusa all'atto – priva della grammatica connettiva dei corpi che l'abiteranno.

È al cospetto di acquirente e venditrice che Notaio celebra la liturgia della proprietà privata, trasforma le parole nel possesso. Ed è scrivendo nome e cognome a penna sopra il foglio che Poeta esercita potenza, si afferma col mattone, getta il guanto di sfida alla propria morte.

8.6 mq + 5.3 mq soppalco

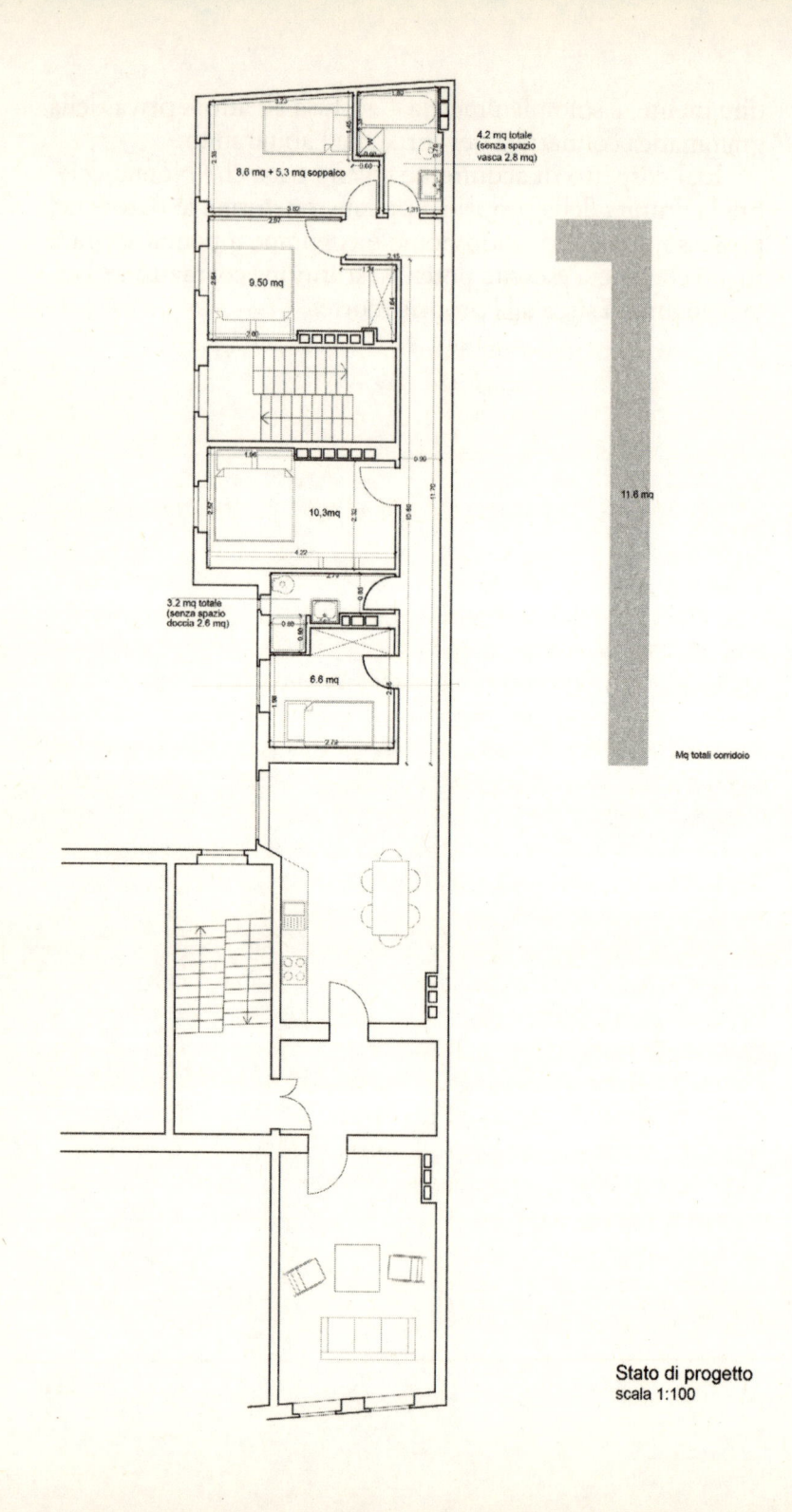

4.2 mq totale
(senza spazio
vasca 2.8 mq)

9.50 mq

10.3 mq

3.2 mq totale
(senza spazio
doccia 2.6 mq)

6.8 mq

11.6 mq

Mq totali corridoio

Stato di progetto
scala 1:100

32.

Casa dell'amicizia, 1990

Lo spazio è illuminato solo dalla brace e solo quando brucia. Il che significa che è buio a metri cubi, sigillato dal portellone di un garage. In verità in alto c'è una grata, da cui filtra il chiarore algido del mondo circostante, che è un labirinto, battuto di cemento, neon rettangolari, e portelloni tutti uguali. Su ciascuno, un numero identifica l'appartamento. È ciò che di un condominio non si vede, il suo rimosso, il vuoto sopra cui è stato edificato. È il luogo che sta fuori dalla dittatura dello sguardo: da lì si riaffiora in superficie, nel mondo concepito – viceversa – per essere guardato.

Sopra, nella fattispecie, c'è l'aiuola, e sopra ancora la montagna. La verticale sovrastante sono le famiglie stoccate negli appartamenti, tra cui quello dove vive Io, naturalmente, la Casa sotto la montagna.

Ciò che però interessa ora è soprattutto quella brace che brucia a intermittenza nel mondo sottostante. Ciò che illumina è a volte un naso e basta, a volte un altro con gli occhiali. La montatura è quella di Io, è antiquata sin dal primo giorno; dietro le lenti gli occhi, quando sono illuminati sono chiusi. Gli altri, dietro l'altro naso, al contrario sono aperti: la brace visualizza per un attimo un'esaltazione, l'iride si espande, umilia la pupilla. Poi l'oscurità riprende il posto, satura il garage, lascia al chiarore che filtra dalla grata la scocca della Citroën dentro cui i due ragazzi sono seduti, gli sportelli aperti.

Sopra è notte, per entrambi la versione ufficiale è una passeggiata e l'immondizia.

Quando un volto è illuminato, dall'altro fuoriescono parole. Quelle di Io sono tante, allacciate in un discorso senza fine, quelle dell'altro sono quasi solo esclamazioni. Entrambi parlano di sesso per non parlar d'amore. Nessuno dei due ha molto da dire, per cui finito il sesso si parla solo di paure. Il tempo a disposizione è quello della combustione, mai più di dieci minuti, che di solito sono un paio di amplessi inventati e cinque o sei paure. La scuola è l'argomento di riserva, la famiglia non è contemplata, resta ai piani sopra. La qualità dell'hashish, la recensione della canna, chiude sempre la sessione.

Il portellone che si solleva è l'atto conclusivo. Il neon li prende in faccia, gli occhi rossi, l'espressione di chi ritorna al mondo controvoglia. Non si salutano perché non si sentano le voci. Scompaiono dietro due porte differenti, succhiando una mentina; l'ascensore li estrae dal sottosuolo e li restituisce alle famiglie. Quel che resta è il battuto di cemento, il ronzio dei neon, il vuoto che sorregge tutto il mondo. E l'aroma dolciastro che la grata concede come bonus ai condomini infelici. Qualcuno forse lo intercetterà, spalancando le narici, le labbra increspate in un sorriso, inconsapevolmente.

33.
Casa del mobilio appena nato, 2000

Di per sé avrebbe poca importanza, questa casa. L'anonimato è ciò che la contraddistingue e che cancella la sua presenza dalle mappe. Anche Io ne conserva poche tracce, disperse per la corteccia cerebrale. La zona è dove il centro di Torino scolora verso l'indistinto delle palazzine, è il dignitoso di cui non ci si ricorda, urbanistica purgatoriale con spazi verdi e parchi giochi.

La direzione è verso le montagne, di cui dal primo piano non si vedono le cime. Si sente bene però la campana della chiesa, e all'alba il battere metallico dell'assemblaggio dei banchi del mercato, spina dorsale della vita del quartiere. La sera, lo smontaggio chiude la giornata e i residuati di cartoni sfondati e frutta marcia riempiono la strada.

La casa è solo una metratura indicata su un contratto, nemmeno troppo ampia. È camera e cucina, pianta regolare, entrambi gli ambienti hanno buoni spazi di manovra che Io comunque sfrutta poco. Il suo istinto è infatti quello di spostarsi verso il centro cittadino, cioè chiudere la porta e andare alla fermata. Per questo la casa resta quasi sempre vuota, consegnata al suo arredamento. Per questo, Io del quartiere non conosce niente, se non la strada per uscirne.

È il mobilio, in effetti, l'elemento più importante, e rappresenta l'esecuzione di un mandato: l'assegno che Padre gli ha consegnato a mano, scritto in cifre e poi alfabetizzato, perché Io facesse famiglia almeno con se stesso in mancanza di una reale vocazione al matrimonio. L'importo – per giustizia – è lo stesso scritto per Sorella quando si è sposata.

È così che Io si è sposato con l'arredo. In linea col mandato, ha optato per un matrimonio piccolo borghese, con il beneficio di non dover inventare niente, di abdicare all'estetica, alla personalizzazione dello spazio. Da qui la scelta del mobilificio, il più pubblicizzato, spazio espositivo all'imbocco dell'autostrada per Milano.

Non ha dovuto fare nulla, se non entrare in casa, trovare tutto già montato e dirsi soddisfatto. Una cucina fatta sulla misura della sua parete – ante laccate in ciliegio sopra il truciolare – con forno ventilato, cappa con aspiratore a due velocità, pensili disposti a specchio, sopra e sotto. Il tavolo, accanto, è un'estensione: stessa linea, laccatura uguale alla cucina, quattro sedie già posizionate ma buone per sedere sei persone. Nell'angolo, un divano letto, sobrio, foderato color sabbia. Nella camera: letto matrimoniale con cornice, scrivania, armadio a tre moduli laccato blu, un modulo vetrato, lucine di posizione all'apertura delle ante.

Il tutto poi rendicontato, il totale coincidente al centesimo con quello scritto sull'assegno, inclusa la cresta del mobilificio per far tornare i conti.

Sull'ambiente non c'è da dire molto altro. Il contratto 4+4 firmato in agenzia ne è la diretta conseguenza. A giudicare dal tempo che Io ci trascorre dentro, durerà di meno. Quando è in casa, Io si rilassa come dentro una vita che non è la sua, il che sarebbe rassicurante se fosse la vita che gli piace. Non arriva però a dispiacersene, non avendo alternative. L'armadio è mezzo vuoto, della cucina usa sempre solo il forno. Ha invitato qualche amico, ma non c'entrava niente con l'arredo, e così ci ha rinunciato.

Della casa non resterà probabilmente alcun ricordo, ma questo è il luogo in cui il mobilio di Io, un martedì di primo autunno, viene al mondo. È questo lo spazio da cui, in un giorno pieno di sole e di alberi ingialliti, impone a Io la sua presenza, i suoi volumi. È da quest'appartamento che l'arredo si sprigiona, che comincia la sua infinita peregrinazione nel tempo e nello spazio.

È da qui, nascendo, che il mobilio detterà a Io per sempre la sua legge: sarà lui, da oggi in poi, ad avere l'ultima parola su tutti gli spazi che Io vorrà abitare, sulle metrature, sull'altezza dei soffitti, sull'organizzazione degli oggetti, dei vestiti, della pasta e del cibo in scatolette. Sarà l'arredo, smontato e rimontato, caricato e scaricato dai furgoni – da Io o da una ditta di traslochi –, a scartare delle opzioni. Sarà lui a imporre il gusto. D'ora in poi tutto avrà il suo aspetto, si avvertirà per sempre l'eco dello strappo di un assegno.

34.

Casa sotto la montagna, 1985

La prospettiva è quella della passeggiata, di chi passa per la strada.

La strada sostanzialmente vede una finestra. Nella finestra vede Io che guarda fuori, l'occhio fisso dietro il vetro. Non vede molto movimento, nemmeno nello sguardo. Se si dicesse che l'occhio chiede aiuto, sarebbe una menzogna. Non c'è richiesta né c'è l'ipotesi di un messaggio da lanciare, c'è una condizione.

La strada a volte vede Padre che apre la finestra, sta in piedi sul balcone. Quando ciò succede, Io scompare. La Casa sotto la montagna si tramuta in un cubo di silenzio: è il silenzio dello spazio, è la morte della voce.

La Casa sotto la montagna è l'unica dove nessun bambino ha mai messo piede. Invitato nelle case dei compagni di scuola perché un giorno o l'altro ricambiasse, Io non ha mai ricambiato. Nonostante i solleciti diretti delle madri, nessun piccolo infiltrato ha potuto riportare cosa c'è, cosa succede dietro la finestra chiusa.

Quando quella pressione si è fatta troppo forte, quando Io l'ha sentita – per istinto – ha smesso di entrare nelle case altrui, è tornato a sigillarsi dentro il cubo. Ha lasciato il posto vuoto tra i compagni riuniti nelle camere dei giochi.

La strada ha ripreso così a congetturare, a disegnare quello spazio, a fare di Padre un secondino senza chiavi.

È lì che la strada ha iniziato a provare compassione, a guardare Io dietro la finestra con rassegnazione, infarcendo il niente che sapeva con il dispiacere.

Non si dica altro, sarebbe retorica patetica e colore. Si aggiunga solo che la compassione che Io sentiva arrivargli dalla strada e raggiungerlo oltre il vetro, sono state le sbarre messe alla prigione.

35.
Casa del persempre, 2010

La Casa del persempre è a struttura circolare, ha la forma e la natura di un anello nuziale. In quanto ritrovato architettonico è tra quelli tecnologicamente più avanzati: scompare dentro un palmo, può stare in una tasca. La misura esatta della Casa del persempre, in cui Io abita felice, è dunque una circonferenza: 7,28 cm, a essere precisi. Il diametro è di 2,37 millimetri. Da vuota, pesa circa 4 grammi. Quando Io ci entra, sono 4 grammi più 87 chili.

È costruita integralmente in oro, il che la rende preziosa e facile agli abbagli. Quando il sole è alto, la Casa del persempre irradia luce tutto intorno. È il suo momento di massima difesa: la luce è lo schermo abbacinante dietro cui Io può riposare. Nessuno potrà mai importunarlo, perché nessun occhio riesce a sostenere tanto abbaglio tutto insieme.

Si aggiungano pochi dettagli sull'interno. Soffitto e pavimento sono la stessa curvatura: non c'è soluzione di continuità tra ciò che sta sopra e ciò che è sotto. È un unico flusso, è spazio in eterno movimento: ogni millimetro rincorre il precedente, senza una vera intenzione di passarlo. Il futuro è il pifferaio dietro cui sfila ogni minuto già trascorso.

Soffitto e pavimento, ammesso che abbia senso tale distinzione, sono lisci e completamente sgombri. Su una sezione della volta ci sono, incise, un po' di lettere, seguite da tre cifre. Le lettere compongono il nome di Moglie, le cifre sono

30-5-2009. Si tratta di porzioni d'oro sottratte alla superficie della Casa del persempre, quello che si legge è ciò che manca.

A seconda del giro della ruota, dunque, l'incisione sta in alto oppure in basso: a volte Moglie è il firmamento, e a volte Io la mette sotto i piedi.

<u>Dentro non c'è altro, perché è Io il vero arredo della casa. Ci è entrato nella data incisa sulla volta, e da allora non ne è più uscito. Ci è entrato con il dito, l'anulare, e poi si è accomodato.</u> Data la natura architettonica del luogo, non significa naturalmente che non si sia mai mosso: ci è andato in giro per il mondo portandosela dietro. Ha messo in pratica, semplicemente, quello che da bambino gli ha insegnato Tartaruga. Da quando è inquilino della Casa del persempre, Io finalmente la capisce. Sente quanto è rassicurante avere sempre un tetto sulla testa. Va in giro con il suo carapace d'oro, senza timori di alcun tipo: ne sta fuori con quasi tutto il corpo, si sporge fino a sfiorare tutte le cose che si trova a tiro. Lo fa con una forma d'incredula incoscienza, con una specie di coraggio.

Prima non avrebbe mai osato tanto: andava in giro nudo, senza tetto, sempre con un piede pronto per correre alla ricerca di un riparo. Ora lo fa spavaldamente, consapevole che può rinculare dentro casa quando vuole.

Gli basta questo per andare lancia in resta dentro il mondo, per non temere le intemperie, per sentirsi protetto dalla neve, dal freddo e dalla pioggia. Gli basta, di tanto in tanto, camminando, parlando con qualcuno, toccare le pareti con la mano, passare le dita sopra il tetto, per controllare, di fatto, che la casa sia ancora lì.

E quando è stanco, come adesso, su un aereo in volo per Berlino, quando si sente così solo in mezzo al cielo, quando il posto in cui vorrebbe stare è chiuso a chiave sulla terra, sotto il coperchio delle nuvole, quando vorrebbe dare il permesso a una lacrima di lanciarsi sulla curvatura della guancia ma sa che non lo può fare, quando succede tutto questo, Io è grato alla sua casa. Pensa a Tartaruga e si ritira dentro il carapace d'oro.

Si sdraia sul pavimento della casa, chiude gli occhi e comincia a respirare piano. Poi li riapre e guarda la costellazione di lettere incisa sul soffitto; in una specie di sospiro sillaba il nome che c'è scritto, il che un po' conforta un po' fa male. Dall'alto di quel firmamento, Moglie lo guarda e lo protegge. Legge anche le cifre, la data scritta accanto al nome. Le legge una dopo l'altra, sottovoce: sono la combinazione, il codice che apre la cassaforte del suo buon umore. E dopo arriva il sonno, la tempia sull'oblò.

36.

Casa dei ricordi fuoriusciti

In quanto tale, la casa dei ricordi sfuggiti alla memoria di Io esula da qualsiasi localizzazione, è in una piega dello spazio-tempo. Difficile dire se stia ferma o in movimento, se sia soggetta alle forze del cielo o della terra.

La Casa dei ricordi fuoriusciti è la scatola nera di ciò che non ricorda, contiene quello che persino la memoria ha rifiutato, anche se è successo. Di certo è ciò che consente a Io di dire Io continuamente sapendo di mentire.

Si pensi a un marchingegno da luna park, cassone in plexiglass con braccio meccanico e granchio che tenta di artigliare ciò che è disposto sul suo fondo sabbioso. Peluche, orologi, maschere da sub. Si pensi all'ansia e la foga del manovratore per afferrare ciò che vuole.

Si veda ora il ghigno di trionfo quando, sollevandosi, il granchio stringe tra le chele un qualsiasi oggetto, per poi lasciarlo cadere, aprendole, dentro il cassettone delle vincite. Si pensi invece alla frustrazione del braccio meccanico che si solleva a chele chiuse e senza avere preso niente, solo qualche granello che nel ritorno precipita nel vuoto.

Si provi a pensare alla memoria di Io, per pura semplificazione, come a quel cassone, e ai suoi ricordi come al deposito di bambole e giocattoli sul fondo sabbioso della scatola. Si immagini il granchio meccanico artigliare ricordi, Io vederli sorvolare la scena soltanto qualche istante per poi precipitare, rovinare nella sabbia, di nuovo coperti dai granelli.

Ci si concentri ora sulla sabbia e sugli oggetti che vi sono seppelliti. È un giacimento ed è invisibile all'occhio di Io, che da fuori tenta l'aggancio manovrando sulla leva. Per quanto preciso e fortunato possa essere, per quanti tentativi possa fare, per quante monete possa inserire dentro la fessura, il braccio meccanico e il suo granchio non li libereranno mai.
Io non conosce il mondo che sta sotto la sabbia, il numero di oggetti, volti, fatti, che vi sono seppelliti. Sa che c'è, ed è l'unica cosa di cui può dirsi certo. Vorrebbe prendere a pugni il cassone, scuoterlo per muovere la sabbia.
Eppure, nonostante tutto, Io non smette di provare. Perché sa, pur senza saperlo per davvero, che dentro la Casa dei ricordi fuoriusciti, in mezzo al disordine di tutti i ricordi scompagnati, c'è Sorella. È lei la regina di quel sabbioso mondo sotterraneo. È lei, da dentro il silenzio di tutti quei granelli, che ogni giorno vede la punta delle chele aprirsi un varco per poi sparire poco dopo.
È lì che Io l'ha seppellita ed è forse per questo che si ostina a scavare a vuoto. Quello che non può sapere è la speranza lacerante con cui, ogni volta che vede comparire la punta meccanica sotto il suo fondale, Sorella alza le braccia cercando di afferrarla. Non sa, Io, la disperazione e la grinta con cui lei si fa largo nel buio silenzioso della sabbia e tenta di aggrapparsi. Non sa, Sorella, se ce la farà, se Io la vedrà sbucare da sotto la sabbia appesa al braccio meccanico, per sorvolare quel piccolo mondo di bambole e giocattoli cercando di resistere alla forza che la vorrebbe far precipitare: non sa se questo mai succederà, ma ci prova perché vuole farsi ricordare.

37.

Casa sotto la montagna, 1983

Nonna dorme al piano sotto del letto a castello; Sorella dorme sopra. Nella stanza è comparso un nuovo letto, posizionato accanto alla finestra. Stesso stemma floreale, qualche evoluzione nella linea, stile alpino appena rivisitato. È il letto di Io.

Sorella da qualche anno dorme sola, ha scelto il letto in alto. Dorme con il vuoto sotto, e quasi ogni notte spacca il silenzio della Casa sotto la montagna con grida spaventate. Quando sente il grido, Io si tira su a sedere per un istinto del corpo. Poi ritorna giù e si copre la testa col cuscino.

Le grida di Sorella sono sempre precedute da qualche mugolio che sembra sul punto di rompersi e far uscire il pianto. Ma non si rompe mai, si trasforma piuttosto in un affanno, finché non arriva l'urlo. Se Io intercetta il mugolio, si mette il cuscino sulla testa, e quando poi scoppia, il grido resta sullo sfondo.

L'urlo è lancinante, ogni notte sembra più forte della precedente. Passa oltre la finestra, oltre l'aiuola del complesso residenziale, va a sbattere contro la montagna e dopo torna indietro indebolito nella stanza.

Sorella urla un urlo di terrore, da animale macellato.
Io sa che Sorella ogni notte sogna Padre.
Anche Io ogni notte sogna Padre, ma non dice niente.

Eppure è proprio la voce di Padre che ogni notte, a metà dell'urlo, s'infila nella stanza per tentare di placare l'angoscia di Sorella. Arriva da dietro la porta chiusa della stanza, dall'altra parte del corridoio, dalla camera in cui dormono Madre e Padre.
Sorella vede Padre dentro il sogno, urla un urlo da macello. Da fuori dal sogno arriva la voce di Padre che pronuncia il suo nome per tranquillizzarla. Io mette il cuscino sulla testa per non sentire tutto questo.

Quando Nonna viene in visita nella Casa sotto la montagna, va a riempire il vuoto sopra cui dorme Sorella.
Succede due settimane, per Natale. Poi il letto resta sgombro.
La sera tardi Nonna riempie la stanza di parole. Io e Sorella spengono le luci; quella di Nonna resta accesa. Appena nella stanza cala il buio, Nonna fa uscire dalla bocca Nonna Bambina, di cui Sorella e Io non sanno quasi niente. Se per caso se ne dimentica, loro chiedono che esca.
Poi, ciascuno dal proprio letto, la vedono passare.
"La tengo troppo spesso chiusa," dice.
"È diventata quasi cieca, se penso invece a che begli occhi."
"Lei esce soltanto se ci siete voi."
"Altrimenti si vergogna."
L'oscurità è il luogo dove è andata a vivere Nonna Bambina; si aggira per la stanza saltellando, canta canzoncine, fa capriole, salta sopra i letti, dice quello che le pare.
Quando c'è Nonna Bambina, la stanza diventa una casa sterminata: la sua aveva tante stanze, tende ampie e damascate, la servitù pronta a intervenire. E i precettori che le insegnavano a dire e fare quello che si deve dire e fare. Non era sotto le montagne, la casa di Nonna Bambina, ma nel centro di Roma; era tanto tempo fa, un passato senza testimoni.

Quando poi sente i respiri di Io e Sorella appesantirsi, Nonna richiama Nonna Bambina; dice che è ora di lasciar dormire i due ragazzi. Spegne la luce e nella stanza il buio occupa ogni spazio. Qualche notte resta l'eco della voce di Nonna Bambina, che s'impasta con i sogni.

A volte poi c'è l'urlo, a volte no. Nonna pronuncia il nome di Sorella al primo mugolio, e spesso dal mugolio Sorella rientra dentro il sonno.

38.
Casa dell'armadio, 2006

Si vede un tavolo, centrale, economico, in legno povero. Tre lati apparecchiati, un piatto fondo per ciascuno, le posate, tovagliolo di carta rosso al lato. Tovaglia a quadri un po' autunnale. Bicchieri scompagnati ma vivaci. Colori accesi; effetto pop, retrogusto da casa dell'estate.

Si vede Moglie – non ancora moglie – sistemare in corsa ciò che Bambina ha disposto un po' a casaccio. Coltello e forchetta sono ora paralleli, il tovagliolo ripiegato a triangolo sotto la forchetta.

Il cestino con il pane viene collocato sulla macchia per coprirla.

Moglie scompare dentro il bagno, ricompare truccata poco dopo. Sistema ancora due dettagli della tavola, questioni di millimetri essenziali.

C'è un istante in cui non succede niente, Moglie dentro il cucinino, le padelle sopra i fuochi. La sospensione dura una quarantina di secondi.

Moglie fa adesso un doppio movimento accelerato. Apre la porta della stanza dell'armadio, la richiude, si dirige verso la porta dell'appartamento. La apre. Si sposta quel tanto che serve per far entrare Io, che a questo punto compare nella casa con un passo, sorridente, e un piccolo bouquet di fiori.

Si baciano le guance, la giacca di Io finisce sul divano.

Si apre ora la porta della stanza; Bambina fa il suo ingresso. Cammina in direzione di Io con la mano a pistola sfoderata, pronta per i convenevoli; stringe la mano di Io premendo il grilletto del suo nome.

Bambina è una figura netta, schiena dritta, una maglietta che segna la fine dell'infanzia come un'intenzione.

Sotto il tavolo ci sono ora cinque piedi: due paia e un piede scompagnato.

Il piede scompagnato è quello più piccolo, lo contiene un calzino a righe gialle e blu. Sta per lo più agganciato a una delle gambe della sedia: è la testa di un felino che si sporge appena, lo sguardo è vigile e curioso, pronto a inarcarsi con un balzo sulla preda. È un animale a doppia testa, un'estremità è questa, l'altra, sopra il tavolo, è la faccia di Bambina.

Il primo paio di piedi è inguainato nella velatura del collant. S'intuisce uno smalto rosso scuro sulle unghie. Il piede è più pieno che affusolato, in proporzione con il polpaccio, poco sopra, che esprime solidità e tenuta. La pianta di entrambi i piedi, non a caso, aderisce saldamente al pavimento. I piedi sono paralleli, le dita sono distese.

Il secondo paio di piedi è nascosto dentro il carapace delle scarpe di Io. Le due testuggini – corazza in pelle scura – convergono, le due punte sono appoggiate l'una all'altra.

La prima mezz'ora successiva a questo momento è un fermo immagine. I piedi nei collant paralleli, il felino appostato dietro la gamba sinistra della sedia, le due testuggini muso contro muso.

Dopo, tutto si fa più movimentato.

I piedi nei collant sciolgono le righe: le dita smaltate hanno vita autonoma, sollevano la testa. Uno dei due piedi monta spesso sopra l'altro, o gli sbuca da dietro, agganciandosi alle caviglie. Il destro si alza sulla punta, il sinistro beccheggia a ritmo regolare.

Le due testuggini aprono e chiudono la formazione. Non troppi spostamenti, ma una specie di allegria senza interruzioni.

Il felino resta immobile, pelo appena teso.

Di tanto in tanto i piedi nei collant scompaiono dal quadro, stanno via per un paio di minuti. Restano le tartarughe, tenute in scacco da uno sguardo.

Passa un'ora o poco più, il felino sparisce insieme ai piedi nei collant. Le due testuggini, rimaste sole, si spostano, si avventurano nello spazio disponibile, lo ispezionano in traiettorie irregolari.

Quindi il quadro torna come all'inizio, cinque piedi, le due paia si muovono ormai continuamente, il felino ha cambiato gamba della sedia ma tiene sempre almeno una delle due tartarughe nel mirino del suo sguardo.

Poco dopo, sul balcone, ci sono tre corpi contro il parapetto.

Io è al centro, Moglie gli sta accanto sulla destra, gli arriva alla spalla, gli aderisce al braccio. Vista da dietro, dalla prospettiva della casa, Moglie si direbbe la sua ala, è raccolta, è pronta per aprirsi. La sagoma, nel buio, è quella di un angelo mutilato, con un'ala sola.

Bambina è un po' più staccata, sulla sinistra, c'è una fessura tra i due corpi. Sono pochi centimetri, meno di cinque di sicuro, forse solo tre.

Moglie spinge Io impercettibilmente perché si chiuda la fessura. Io non fa resistenza, accetta la congiunzione, la spalla di Bambina sul suo braccio.

Per capire cosa succede adesso a Io, bisognerebbe leggergli lo spartito della pelle, quell'increspatura che gli spalanca i pori. Io ha un brivido che Moglie prende per un brivido di freddo. Lo spinge ancora un po', fa di quella morsa una protezione.

Visto dalla prospettiva della Casa, adesso l'angelo è completo. Bambina è la seconda ala, più piccola di quella sulla destra.

È Moglie, con quella spinta delicata, ad averlo completato.

Per sapere se è un angelo davvero, Io dovrebbe scavalcare e lanciarsi sopra la città.

39.

Casa di Prigioniero, 1978

La prospettiva è una diagonale. Bisogna immaginarsi due occhi che, da dentro la casa al primo piano, guardano la villa ottocentesca dall'altra parte della strada. Vedono a passeggio una donna con bambino – lei gentile, lui morde il freno, sempre pronto a trasformare il passo in corsa. Si fermano davanti al cancello chiuso, il bambino infila le braccia tra le sbarre, le agita in segno di saluto, preme la faccia contro il ferro.

Va tenuto conto della vegetazione sul terrazzo; la vista potrebbe essere ostacolata ma la villa rimane là, poco sotto; sullo sfondo resta Roma.

Lo sguardo è dall'interno e comprende il diaframma delle tende, un filtro in tulle color panna. Il parco e la palazzina al centro della villa sono quindi sfocati dal tessuto, insieme alle fontane, da cui però non esce acqua.

Attraverso le tende, Roma è una tonalità di bianco, è una nuvola a cui è stato tolto il cielo. Se la si guarda dal terrazzo, però, oltre il tulle, le si restituisce il cielo. E insieme al blu tutta l'altra scala di colori: il verde delle tende sui balconi, i gialli e gli arancioni dei palazzi. Lontano, si vedono il Palazzo delle Esposizioni e l'imponenza incongruente dei Santi Pietro e Paolo. L'EUR è l'orizzonte su cui ogni mattina si alza il sole.

Ma quella del terrazzo non è una prospettiva molto frequentata dai sequestratori; la prudenza impone lo sguardo dalla tenda. Alle loro spalle sta la parete in cartongesso dietro cui sta Prigioniero – per lui l'unico sole contemplato è il bulbo incandescente di una lampadina a goccia, non c'è EUR, non c'è villa sottostante. Portuense e, sotto, via della Magliana, sono un conglomerato, acustica, rumore in sottofondo. Il Tevere, non visto, prosegue la sua strada verso il mare.

Guardato dall'appartamento, l'abbandono è il sentimento prevalente della villa. Più che aiuole e vegetazione, è sterpaglia, erba che si allarga e prende il sopravvento sulla zona.

La villa non sa ancora nulla di quello che diventerà. Non sa se il suo destino è un paesaggio deturpato, se sopravvivrà alla bulimia edilizia che infuria nel quartiere. Non sa se la palazzina resterà per sempre niente, come sembra, se offrirà soltanto muri per le svastiche e la Roma, se sarà casa per i topi, villa comunale, parrocchia, o centro commerciale.

La notte è spazio di conquista, aghi in vena, sigarette, accoppiamenti; è spasmo di corpi, orgasmi rantolati; è un lago di buio che la mattina lascia il posto alla vegetazione, a quello sfacelo naturale. E però allo sguardo resta un parco, tregua insperata alla guerra del cemento.

Nel paio d'occhi sospesi al primo piano dietro la finestra, ora c'è il bambino, e accanto c'è la mamma che vorrebbe prendergli la mano. Sono Io e Madre, di fronte al parco in abbandono e nel mirino. Sono dentro lo sguardo bianco delle tende.

Non sono importanti, i due, per il paio d'occhi. Non stanno dentro nessun disegno della Storia, non sono né pro né contro la Rivoluzione. Sono un movimento, non rassicurano ma non sono neppure una minaccia. Madre spinge un passeggino su cui Io non vuol salire.

Io corre senza tregua, sul marciapiede che perimetra la villa; a volte cade, si rialza. Se piange, da dietro la finestra al primo piano non si sente. Nemmeno si può sentire se Madre gli parli e cosa dica, mentre lui punta il dito su Testaccio e sul reticolo del gasometro lontano.

Madre e Io camminano nel parco; la loro non è Storia, è solo una giornata. Non c'è altro da dire, nella prospettiva del presente. Torneranno a casa, a un certo punto. Forse nella Casa del sottosuolo, forse faranno visita a Parenti, entrambi a poche fermate di distanza.

Le schiene sono inermi, le loro nuche sono nude.

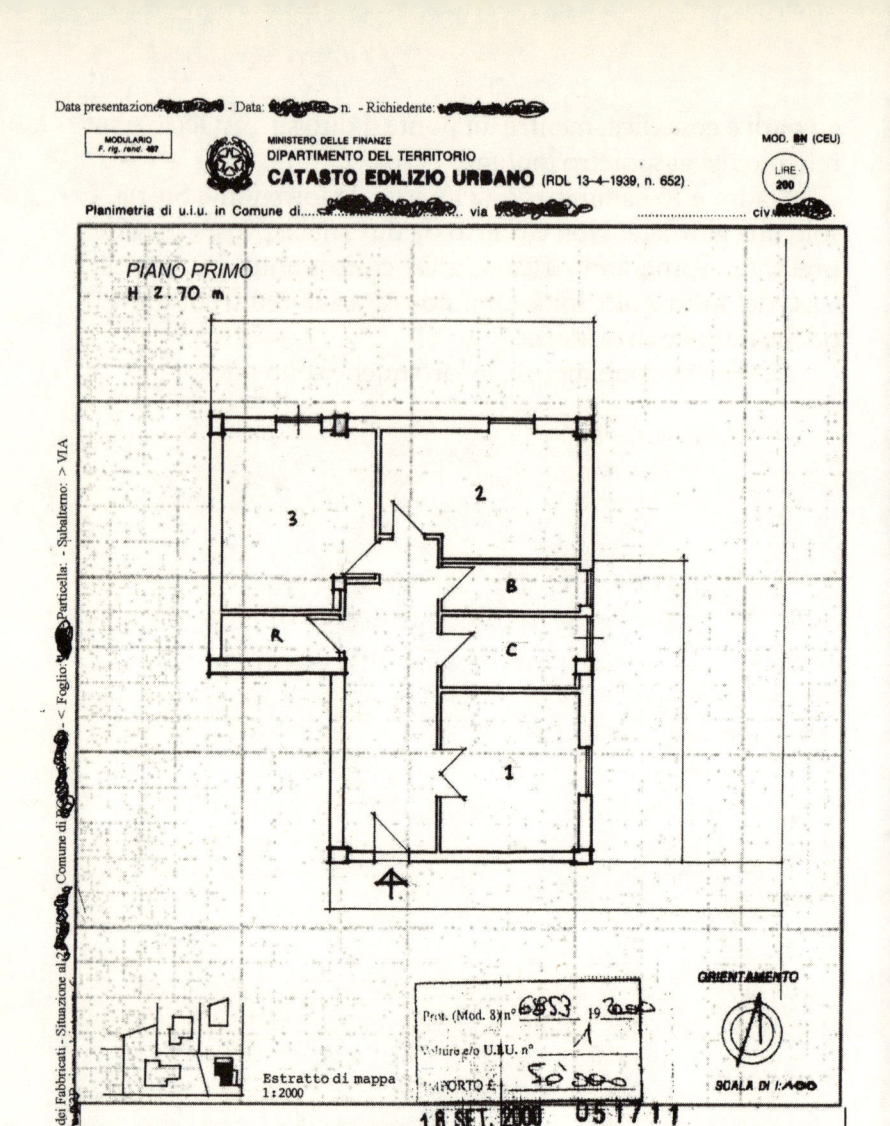

MINISTERO DELLE FINANZE
DIPARTIMENTO DEL TERRITORIO
CATASTO EDILIZIO URBANO (RDL 13-4-1939, n. 652)

MOD. BN (CEU)
LIRE 200

Planimetria di u.i.u. in Comune di .... via .... civ ....

PIANO PRIMO
H 2.70 m

Estratto di mappa 1:2000

Prat. (Mod. 8)n° 6853 19 ....
Volture gio U.I.U. n° 1
IMPORTO £. 50.000

16 SET. 2000   051711

ORIENTAMENTO
SCALA DI 1:100

RISERVATO ALL'UFFICIO

40.

Casa parallela, 1991

L'esistenza della Casa parallela è prima di tutto una vibrazione che attraversa i muri della Casa sotto la montagna. Non ha parole, il che le consente un'immunità di segretezza che viceversa una descrizione comprometterebbe. È il luogo dove Padre è quando manca troppo a lungo, quando Madre guarda a intermittenza prima l'orologio e dopo la finestra, l'assenza della macchina vicino al marciapiede. È il pensiero che le fa scivolare i piatti e i bicchieri nel lavello, che le fa sanguinare le falangi e raccogliere i vetri dentro il secchio piuttosto che pensare a suo marito dentro un altro letto. È il luogo coperto dal cerotto, sopra il dito; quando Padre poi ritorna, entra in bagno, le chiede di quel taglio come nulla fosse, lei dice che è solo distrazione; segue sempre un pasto e il sangue ricompare, sfugge alla tenuta, finisce sulla tavola e sul cibo.

La Casa parallela è ciò di cui non si può parlare coi ragazzi, resta dunque confinata al vibrato delle corde vocali di Padre, che all'alba o a notte fonda passa sotto le porte chiuse della casa. Da dentro il letto, di solito, in cucina rare volte, l'aria trema: Io, adolescente, la sente con la testa sul cuscino, va a collidere con un punto specifico del suo padiglione auricolare. Tira su la testa, riconosce il timbro, e sa che si parla di quel posto. È un linguaggio preverbale e ha qualcosa di extraterrestre, è la voce di Padre privata del linguaggio, ridotta a forme d'onda. Si tratta, in sostanza, della vera lingua della specie, quella con cui l'animale si esprime e il cucciolo si tende.

È quella con cui Padre parla e Madre risponde con il pianto, che è il secondo linguaggio che Io sente provenire dall'altra parte della Casa sotto la montagna. Madre piange e Padre emette quegli ultrasuoni, a fasi intermittenti: lunghe onde e poi silenzio, in cui si infila il pianto, poi di nuovo la vibrazione e poi di nuovo il pianto, un po' più breve, cui segue ancora l'ultrasuono, che Padre dirige verso l'organo dell'emozione, quello che secerne la tristezza liquida di Madre. Quando l'organo è necrotizzato, quando l'onda ha colpito anche l'ultimo sussulto, il pianto si arresta, e Padre smette. Io sente le molle del materasso tendersi sotto le manovre dei due corpi, e poi un sussurro di Padre, preverbale anche questo, ma modulato a esprimere dolcezza. A volte è invece l'assalto, il sesso che sbatte la tristezza contro il muro fin quando è certo che sia morta, e dopo tace.

Ora è mattina, Padre e Madre sono già in cucina, fanno colazione, Madre ride, tiene in alto il dito col cerotto; Padre è soddisfatto, anche il latte è caldo al punto giusto. È domenica, Sorella è ancora in camera, Madre va a rassettare il letto. Io resta insieme a Padre, il biscotto gli annega nella tazza, si sfalda in un'esplosione muta, torna su in brandelli di pasta e cioccolato. Padre gli parla della Casa parallela, sottovoce, controlla che Madre non compaia ruotando appena il capo. È compiaciuto, dice che Madre ha capito, si può fare, in fondo lui non le toglie niente. Il tono è di chi si occupa dell'iniziazione di un ragazzo, non di chi cerca una giustificazione di fronte al proprio figlio. E intanto Madre rientra, Padre si alza, lei porta la sua tazza dentro il lavandino.

Tornerà la vibrazione della voce di Padre all'alba, il pianto, l'organo di Madre necrotizzato un'altra volta e un'altra volta colazione. Tornerà la Casa parallela, uno spazio con dentro solo un letto, senza metratura, senza registrazione catastale, senza pavimento, dove finisce il letto comincia lo sprofondo, dislocato in uno spazio urbano imprecisato, asfalto, segnaletica stradale, infissi e muratura, ma anche siderale, escluso dalla forza gravitazionale. Tornerà. E torneranno altri cerotti, altri bicchieri rotti nel lavello, biscotti maciullati nella tazza; tornerà la confidenza, la paura di Io di restare solo con Padre nella stessa stanza e poi guardare in faccia Madre senza dire niente.

41.
Casa signorile di Famiglia, 2018

Aperta la porta, quello che Io vede sono soprattutto le pareti.

Svuotare una casa è restituirle i muri, riconsegnare all'alloggio lo scheletro della muratura, laddove abitare è invece negare la costruzione, trasformarla in spazio (le immagini appese dicono "Guarda noi, non guardare quello che sta sotto").

Lo svuotamento di una casa è il momento di protagonismo per i chiodi, concepiti per vivere nascosti, e che compaiono alla luce solo in questi casi. Fuoriescono dalle pareti come antenne di lumache, si protendono per vedere: sono gli occhi del mattone, vedono che non è rimasto più nessuno.

All'ingresso di Io, il paesaggio è quello di una crocefissione.

Invece di lasciare i chiodi nudi a boccheggiare nello spazio, Moglie li ha utilizzati per crocefiggere le parole che Io, per anni, ogni mattina, le ha lasciato scritte su dei foglietti prima di uscire e chiudere la porta. Sono state parole sentinella, hanno vegliato la casa facendo le sue veci, mentre Moglie era distesa dentro il letto inerme e abbandonata. Ogni volta, Io ha strappato un foglio da una torre di post-it.

Ha scritto "Amore", già in piedi e con lo zaino in spalla, oppure in boxer e piedi nudi, seduto sulla sedia, aspettando di svegliarsi. A volte è ritornato in casa quando era già davanti all'ascensore, perché Moglie non si svegliasse senza quel comitato di accoglienza. La grafia riporta tutto questo, è l'encefalogramma del suo umore, dice di Io più di quello che c'è scritto. Niente di memorabile, ovviamente, soltanto saldare l'amore con la prassi, ribadire la promessa del futuro rimandandolo al momento della cena. Con qualche giorno di più esplicito sentimentalismo.

Amore vado, ci vediamo questa sera.
Vado in posta, non torno prima delle 7 ma ti amo.

Le pareti – questo è quel che vede Io entrando – sono un'ostensione di rettangoli di carta, farfalle inchiodate contro i muri. Sono le parole di Io che si dimenano per pura resistenza: l'aria ne solleva appena i lembi, il volo è solo l'agonia di un'intenzione.

Amore buongiorno, dice la farfalla crocefissa, *ti chiamo verso pranzo.*

Sei la mia fortuna, la mia resurrezione. La firma la sfigura il chiodo.

Amore mio, non trovo le chiavi della macchina, spero che le hai tu.

Ogni parola di Io adesso si dibatte. Tenta un volo, ma è il rantolo confuso di una frase che sta per morire. O che è già morta, e quella scena è un po' di pace, l'anima volata via dalle parole.

Ho mangiato troppa torta, scusa amore, ti chiamo appena esco.

Ogni stanza è lo stesso paesaggio di parole contraddette dall'azione. Il chiodo – questo vuole dire Moglie in quel paesaggio – ha solo messo in croce la menzogna.

Le pareti della Casa di famiglia sono la gogna dell'amore che finisce.

Muro dopo muro, Io toglie le proprie parole morte dalla croce.

Lo fa con un gesto asciutto, per evitare che si divarichi lo strappo.

Ogni foglietto ha la grafia di un giorno differente. Ha il suo colore e l'intensità più o meno viva dell'inchiostro.

Io poggia le frasi una sopra l'altra, le ripone in una scatolina di cartone. La lascerà probabilmente nella Casa, prima di andarsene per sempre. La troveranno gli inquilini che vi succederanno, o gli operai che monderanno lo spazio dando il bianco.

La apriranno e sentiranno quanta vita è chiusa dentro ciò che muore.

42.
Casa dello Stato, 1997

Bisognerebbe pensare alle tre vite di un austero palazzo comunale di una piccola città alle porte di Torino, e alla fine immaginarvi dentro Io, da solo, sdraiato sopra un letto.

Si cominci dunque disponendo una scalinata per l'accesso: otto gradini di dimensione regolamentare, un ingresso statistico per un edificio dello Stato. Il dentro è uno scalone che conduce al primo piano. I gradini hanno spigoli ingentiliti dalle scarpe: è l'evidenza di un'involontaria devozione, la salita al regno dei registri, dei protocolli numerati e dei faldoni.

Il resto dell'edificio comunale sono stanze. Il numero non conta, né la disposizione. L'effetto è il labirinto. Sono la ridondanza e l'anonimato degli spazi a rendere narcotico l'ambiente del potere. Il bianco alle pareti, le piastrelle avana, il piano laccato delle scrivanie con base in ghisa e passacavi in PVC, producono nausea e effetto di morfina.

Dopo aver immaginato l'edificio comunale, adesso bisogna eliminarlo. Al suo posto, va inserita una scuola elementare.

Da revisione del piano regolatore, infatti, il centro cittadino d'improvviso è risultato decentrato. Ed essendo il palazzo comunale il fulcro del potere, il potere ne risultava fuori asse e dunque indebolito. Con questo argomento, una nuova lista si è aggiudicata la tornata elettorale. Rimesso il centro al vero centro, sarà immediato far tornare in bolla la città.

Da cui il trasloco: tonnellate di faldoni, scrivanie e impiegati trasferiti in un edificio vetrato di nuova costruzione assegnato senza gara d'appalto ma parcheggio assicurato. Ascensori panoramici, riconoscimento vocale.

Quindi la nuova destinazione d'uso del vecchio edificio comunale e l'assegnazione a scuola elementare. Plafoniere al neon con effetto narcotico costante, piastrelle sbrecciate, cablature chilometriche dentro e fuori le pareti, evidentemente fuori norma.

L'era successiva del palazzo è dunque questa: il ronzio costante della macchina comunale coperto dall'alternanza, con campanella, di silenzio e boati dei bambini. Invece di essere tinteggiati, per mancanza di fondi predisposti, i muri sono stati occultati con disegni a pastello o pennarelli di famiglie, animali e paesaggi naturali. Le cartine geografiche danno un contributo: il mondo, quanto meno quello in scala, si è prestato come alternativa alla sconfitta sul locale.

Per il resto, il labirinto è rimasto tale. Gli uffici sono diventati classi, le scrivanie hanno lasciato il posto alla fòrmica dei banchi. Il ronzio della macchina comunale è rimasto il respiro sotteso del palazzo. Dopo le sei del pomeriggio, dopo la chiusura del portone, la macchina statale riprende a gorgogliare. Inudibile in principio, parte silenziosa dalle fondamenta. Poi cresce di volume e tracima nell'edificio, travolge ogni piastrella avana delle stanze. È il padrone invisibile del luogo: fermenta nel silenzio, leva miasmi di pratiche protocollate, matrimoni, nascite, divorzi e decessi soffocati nelle righe bianche dei registri, contenziosi martoriati dai timbri e poi archiviati.

Dall'edificio si tolga ora anche la scuola.

S'immagini una crepa sul soffitto di una classe. Si pensi a un crollo, il soffitto che si apre, lo schianto, la caduta, la polvere, le piastrelle rotte, i calcinacci, i laterizi. Non si pensi né a morti né a feriti tra i bambini perché non ce ne sono: è notte fonda. È il fantasma del potere, che ha compiuto l'attentato. Si visualizzino un paio di trafiletti sui periodici locali, l'acquolina nella bocca della vecchia giunta in vista della futura tornata elettorale, e tonnellate di esposti tra i faldoni del nuovo edificio comunale, registri aperti, timbri, lettere affrancate.

Ora si rientri nel palazzo. Si pensi al tetto rattoppato, allo stato di decadenza generale, al ribollire silenzioso del miasma della macchina. Si pensi a un labirinto abbandonato, senza mistero né condanna, senza fuga. Porte chiuse, stanze sigillate, svuotate di bambini, banchi, impiegati e scrivanie. Presumibilmente batuffoli di polvere diffusi nell'ambiente.

Adesso si pensi a uno stanzino di otto metri quadri e una finestra, prima spazio di archiviazione per i protesti e gli avvisi d'insolvenza comunale, poi, al tempo della scuola, bidelleria. Ci si metta ora un letto singolo, o meglio una rete con sopra un materasso. Si aggiunga una coperta arancione, di fattura grezza, in prevalenza acrilico, calore chimico costante.

Si accosti ora al letto una sedia in fòrmica verdina; ci si metta sopra una lampada da ufficio, colore metallico macchiato. Si visualizzino degli occhiali ripiegati, un libro e un'agendina accanto. Sopra un'altra sedia, non distante, un televisore, modello da tempo fuori produzione, in bianco e nero, le antenne a baffo alzate.

Ci si sposti ora verso la testa appoggiata sul cuscino. È Io, naturalmente. I capelli sono lunghi. Lucidi da trascuratezza, da latitanza dello shampoo. Le gote sono coperte della peluria dei ventenni che ambiscono alla barba.

È addormentato, respira profondamente, inala i miasmi del palazzo, si gonfia di sconfitta. Ha i bronchi pregni di burocrazia, di ripetizione, e di cromatiche marroni. Fuori c'è tutto il resto, come sempre, che si muove. È l'assegnazione ufficiale di Io da parte dello Stato in sostituzione del servizio militare, il suo alloggiamento, il debito restituito alla comunità.

Ora è domenica, Io apre gli occhi; la campana, non lontana, batte le otto del mattino. Esce dalla stanza a piedi nudi, i bagni sono esterni, sono i vecchi gabinetti dei bambini, water proporzionati alle scuole elementari.

Finita la doccia Io ritorna verso la sua stanza, i talloni battono il tempo al niente statale di quel luogo, battono contro tutte le porte chiuse a chiave, contro il marmo delle scale, contro i soffitti austeri, gli affreschi scoloriti. Io lascia tutto questo fuori, e richiude la porta della stanza. Si sdraia sopra il letto, un asciugamano sulla vita, il resto del corpo imperlato dalla doccia. È il suo primo appartamento, si potrebbe dire, la sua prima casa da ragazzo, quasi uomo, prova l'ebbrezza di aver lasciato la provincia. Io sente una specie di straniato affetto per lo Stato, di gratitudine per l'istituzione.

Prende un libro dal pavimento, legge qualche riga, poi lo rimette a terra; si alza e accende il televisore. Visto da dentro quell'apparecchio, anche il presente è in bianco e nero, motivo per cui ha tutto lo stesso sapore di passato: film d'epoca e mete che oggi varrebbe la pena visitare. Io si riassopisce seminudo. Lo sveglia poco dopo – o dopo tanto – una voce, quasi un lamento disperato, da dentro la tv. È un uomo con sopracciglia folte e bianche, urla "Abbiamo perso un poeta!", e dopo lo ripete e lo ripete ancora, disperato, di fronte a un feretro con intorno tanta gente. Urla "Il poeta dovrebbe essere sacro!", ma l'emozione gli inceppa le parole. Io si tira su a sedere, e non capisce quando è successo tutto questo.

43.

Casa del sottosuolo, 1977

È una giornata di mezza estate, calda come tante. Roma intorno sembra sia sfinita. Si anima un poco la mattina presto, e la sera quando torna il fresco. Il resto della giornata sta dentro il suo calore e tace. L'aria l'attraversa con soffi irregolari, ma è sempre già passata: fa solo pensare a come si starebbe meglio se tornasse, rende intollerabile l'attesa.

Gli uccelli fanno gridi troppo acuti, il taglio di una lama sopra i vetri.

Il quadrato di cielo tra i palazzi è uno schermo in cui non succede niente. Sono variazioni di colore minime, dall'azzurro verso il bianco e poi si torna indietro. Al tramonto si tinge un po' di rosso ma per poco.

Io è solo, in giardino, insieme a Tartaruga.

Nonna, Sorella, Madre e Padre forse sono dentro, ma per Io il dentro ora non esiste. Il dentro che gli piace è tutto quello che sta fuori dalla casa.

Per Io esiste solo Tartaruga: è un emisfero che si muove nello spazio, non è solo un carapace. Gli insegna che il mondo è un corpo che si sposta.

Con Tartaruga, a Io piace fare le gare di corsa nel giardino. Le lascia sempre qualche istante di vantaggio: la guarda mentre parte, mentre si allontana battendo il tempo con le ossa. Poi comincia a gattonare, anche se ha imparato a correre da tempo.

Si sbuccia sempre le ginocchia contro il pavimento; a volte dopo poco arriva il sangue. Ma non sente niente, non gli fa male, fa tutto parte dell'inseguimento. La competizione esige anche quel rituale di dolore.

A Io non interessa, come forse pensa Tartaruga quando corre, arrivare primo all'altro capo del giardino; non gli interessa risultare vincitore.

Quello che interessa a Io è poterla cavalcare.

Per questo in poche ginocchiate la raggiunge, lanciando in aria urli da pirata. Quando lo sente arrivare, Tartaruga prima si agita in uno spasimo performativo, poi si ferma e lo fa salire cavalcioni.

Dopo partono, si alzano in volo come fosse la cosa più normale.

Dal balcone, da dietro una finestra, da dentro una cucina, qualcuno sta affacciato a guardare il viaggio infinito di una tartaruga e di un bambino.

44.
Casa del sottosuolo / Succursale al mare, 1988

Il concetto di base è il litorale, cioè la scoperta che il mare genera profitto. Urbanisticamente significa velocità di costruzione e calcestruzzo. Socialmente significa il concetto di villeggiatura aggiornata al capitalismo: non la villa ma la palazzina, non pochi, pallidi e vestiti bene, ma tutti, vestiti uguali e abbronzati secondo quanto concesso dalla melanina.

Il paesaggio è quello consueto degli stabilimenti balneari: ombrelloni disposti su filari, piantagioni di benessere disposte su tre file, due a giugno e settembre, quattro intorno a Ferragosto. Non sono più i colori intensi dei primi anni settanta, ma quelli un po' sbiaditi di un modello turistico al tramonto. Eppure persiste la suddivisione in lotti colorati, a cui corrisponde, con precisa algoritmica sociale, un'appartenenza e un'area circoscritta della capitale, Roma è a sessanta chilometri da lì. La Casa del sottosuolo sessanta più otto chilometri, per l'esattezza; questa ne è la succursale estiva.

All'interno di ciascun lotto cromatico – blu per lo stabilimento della Sirenetta, verde squillante per l'Aurora, per esempio – la distanza dall'acqua e dal bagnasciuga definisce una chiara geografia sociale interna: professionisti in prima fila vista mare, e tutti gli altri dietro. Le cabine, poche e disposte in fondo a perimetrare lo stabilimento, sono l'evidenza del privilegio dei villeggianti in prima fila: sono parallelepipedi di legno cui nessuno ha accesso tranne loro.

Hanno un numero dipinto sulla porta, a cui corrisponde una chiave con lo stesso numero riportato su un ciondolo marino. Dentro stanno appesi costumi, asciugamani e tutta la dotazione per l'intrattenimento, dal secchiello ai braccioli alla ciambella fino al cruciverba e al canotto gonfiabile con pompa a piede.

Questo è ciò che si vede, affacciandosi al muretto, dalla strada. L'ombrellone di Io è a metà della seconda fila, sulla destra. Naturalmente è indistinguibile dagli altri, da quella prospettiva. È un cappello verde stinto.

La casa è a cento metri dalla spiaggia; è un piano terra, due camere da letto e una cucina, più qualche metro quadro di giardino, dove fioriscono le rose. Il risultato sono due mesi di affitto a costo di rapina, per stare nel cemento vista mare. Ma è il debito che Nonna paga ogni anno per farsi perdonare da suo figlio per averlo messo al mondo. Padre la insulta ogni volta che il male gli risale addosso, come contrappasso. Le augura la morte; poi – dice – starà bene. Quando tutti vanno a letto, lei comincia a bere. A volte cade in corridoio, nel cuore della notte, Io sente solo il tonfo. Neanche un lamento, solo un corpo morto che dopo si rialza e va a dormire.

Ma ciò che più importa, per Io, è lo spazio vuoto tra gli stabilimenti balneari. È la zona grigia, dove il privilegio si dissolve, è l'area dove soggiornano gli indigeni, i locali. Punti isolati, ciascuno il proprio ombrellone, impressione di sconforto o eccesso di allegria. Molte più sigarette accese, tute da lavoro accartocciate, incarnati con un pallore più evidente, segni della maglietta sulle braccia. Scenario meno patinato, insomma: vita costiera di provincia e non vacanza al mare, la spiaggia come sfogo delle madri, prosecuzione svestita della vita nell'appartamento.

Ciò che separa la zona grigia dagli stabilimenti è una rete. In realtà è più una palizzata, una muraglia incannucciata che protegge i romani dal vedere i corpi dei locali, le loro insalatiere, le parmigiane, le fettine, le macchie di sugo sulle facce.

La rete protegge i metropolitani, in sostanza, dalla prosaicità del quotidiano: è ciò che fa invece la parcella a fine mese dello stabilimento, l'esclusività della noia sotto l'ombrellone, del libro e del giornale, gli sfollagente della classe dominante. Non vedere la prosa che l'incannucciata cela preserva la finzione, riposa la corteccia cerebrale. Senza considerare il beneficio delle orecchie: evita l'italiano rovinato, il romanesco che si fa burino.

È oltre quella palizzata il posto dove Io sta bene. Ci viene da solo, col pallone, oggetto bandito dallo stabilimento. Tira calci al cielo, conta a voce alta fin quando poi la palla cade, e ricomincia, di nuovo, dice "Uno", cambia piede, si aiuta con la testa. Finché qualcuno poi si avvicina, entra nel palleggio e glielo prende, con una prepotenza che però non gli dispiace. Ed è più o meno così che comincia la partita.

Succede solo nel tardo pomeriggio, che è il tempo dei locali, le marmitte bucate dei motorini si avvicinano alla spiaggia, si assiepano sopra i marciapiedi. Io li aspetta, e aspetta i quattordici anni che hanno loro; gli invidia le facce da risse, le mani rovinate dai radiatori e dalle bobine, le chiavi inglesi dentro le officine, il grasso sulle dita. Gli invidia anche i soprannomi, che è tutto ciò che di loro può sapere. Gli invidia quella che considera la vita, la giustizia resa da un furto in pieno centro, la bicicletta riverniciata e poi rivenduta davanti allo stabilimento con disprezzo. E poi gli dicono "Ciao bello", accendono i motorini, e non si sa mai quando torneranno. Non ce n'è traccia in centro, non ce n'è traccia davanti alle gelaterie. Stanno oltre la stazione, a sei chilometri dal mare, dentro – pare – i caseggiati a schiera delle cooperative, lungo l'Ardeatina, in un punto imprecisato del paesaggio.

45.
Casa dell'armadio, 2005

La Casa dell'armadio è ridotta al solo letto, con finestra di consolazione. Il letto è quello grande, destinato a Moglie – non ancora tale – dove lei giace tutto il giorno; quello di Bambina, nell'opposto emisfero dell'armadio, da settimane resta vuoto.

Bambina fa il suo ingresso nella casa ogni tramonto. Il suo ritmo è collegato al sole: quando si abbassa dietro le montagne, solleva Bambina al settimo piano. Spesso l'accelerata finale, quello sbrigarsi ogni volta misterioso che fa cadere il sole di colpo a precipizio, succede mentre le funi sollevano la cabina dell'ascensore nel palazzo, quasi fosse il sole stesso a far da contrappeso a quel corpo in verità così leggero.

Il sole sparisce e Bambina apre la porta della casa. Quando poco dopo si richiude, le funi fanno scivolare in verticale dentro il vano e fino a terra il padre di Moglie e nonno di Bambina: la sua funzione è di aprire la porta alla nipote e lasciarla per qualche ora sola con la madre. La sua auto poco dopo si stacca dalle altre parcheggiate e prende il viale; ricomparirà, stesso viale ma opposta carreggiata, un paio d'ore più tardi.

Bambina sta principalmente in piedi davanti al letto di Moglie e la guarda mentre dorme. Non tocca nemmeno il materasso con le gambe, non lo sfiora. Si mantiene a qualche centimetro da lei, mezza mattonella come margine di sicurezza; è il suo ponte levatoio, la sua via di fuga.

A volte prende una sedia dalla sala, la sistema alla medesima distanza e ci siede sopra. Non sempre guarda sua madre, spesso si distrae. Non c'è qualcosa di preciso che attrae la sua attenzione, in qualche caso è la finestra – prima vede le Alpi, quando arriva il buio vede se stessa sopra il vetro –, in altri quello che guarda è nella testa.

Più spesso però è la propria pelle il paesaggio in cui si perde: indaga la tessitura dell'avambraccio o della mano, il rivestimento lanuginoso dei suoi peli. Stana i minuscoli crateri dei pori che le forano la pelle, il punto in cui il pelo spacca il reticolo squamato e si protende. Vi si avvicina, chinandosi col viso su quella piantagione sottile ma orgogliosa, gentile ma intricata.

Dopo lunga osservazione, Bambina riallontana il capo, muta prospettiva. Contraendosi, i muscoli del collo e della schiena la restituiscono alla stanza in cui è inserita, la incastonano di nuovo nella metratura, in mezzo alle piastrelle, tra il mobilio dell'appartamento.

Davanti a lei, dentro la cornice di letto e materasso, Moglie quasi sempre è un corpo addormentato. La testa è un peso sul cuscino, la faccia è contratta in un abbandono non pacificato.

Il capo è quasi glabro, eccetto qualche macchia. Le sopracciglia le si possono soltanto ricordare, sono un rilievo occipitale incolto, due volte appena accennate che si sporgono sulle cavità oculari. La percezione prevalente è quella del sudore – sudore che rende opaca invece che brillante la sua pelle, che stropiccia le lenzuola. L'evidenza è quella della morte che tenta di saccheggiare un corpo quasi abbandonato. Quel che è certo è che è difficile, al suo cospetto, dire madre.

Non si può pronunciare nemmeno il nome del suo male, dire tumore, dire cancro. Pronunciarlo, farlo uscire dalla bocca, aiuterebbe: Bambina avrebbe qualcosa da maneggiare, una parola di cui studiare la meccanica, e non soltanto un corpo dentro un letto da ignorare.

Invece Bambina ha solo il proprio avambraccio da osservare, la misteriosa peluria che testimonia la potenza della vita ma a condizione di guardare solo quella. Oppure questo paesaggio desolato, il corpo di sua madre, quella che chiamano la conseguenza delle cure, o anche la lotta per la vita.

Il più delle volte non succede altro, è solo questa esposizione: per Bambina è l'accesso quotidiano al senso della fine, che fuoriesce direttamente dal corpo malato della madre. È uno svezzamento che non prevede surrogati. Il più della volte Bambina sente solo lo scatto della serratura, la porta che si apre e il nonno che entra, si avvicina al letto e le sussurra il momento del congedo. Insieme poi si avvicinano al letto in cui sta Moglie. Il nonno bacia il cranio di sua figlia, poi incoraggia con un gesto Bambina, che quasi sempre la accarezza.

Dopo si sente chiudere la porta, Bambina si è lasciata mettere il cappotto, il nonno l'ha staccato dall'appendiabiti dove l'aveva appeso accanto alla parrucca di sua figlia. Si conclude tutto con due corpi in ascensore: Bambina preme il dito sul pulsante con lo zero, e il resto è la consueta, ripetitiva, meccanica di un grave che precipita frenato dalle funi.

Altre volte, invece, molto più semplicemente Moglie apre gli occhi su Bambina mentre lei sta seduta sulla sedia in fondo al letto. È così che scende il ponte levatoio. Non c'è molto da dire su quello che succede in questi casi, se non che succede e non potrebbe essere altrimenti. Sceso il ponte, unito il bastione con la riva, Bambina lo percorre. Sale sopra il materasso, entra dentro il letto e si sdraia accanto al corpo di sua madre. Non c'è dramma, non c'è lacrima che cade, è tutto molto concreto e fattuale: Moglie le chiede se ha fatto i compiti e Bambina fa finta di dormire.

Data presentazione:13/04/1953 - Data: 01/08/2017 - n. T138544 - Richiedente: BSZ

N° 26239

MINISTERO DELLE FINANZE
DIREZIONE GENERALE DEL CATASTO D SERVIZI TECNICI ERARIALI

NUOVO CATASTO EDILIZIO URBANO

Planimetria dell'immobile sita nel Comune di .... Via ....
Ditta ....
Allegata alla dichiarazione presentata all'Ufficio ....

piano PRIMO

1
2
BAGNO
INGR. h=2.70 m
CUCINA
3
4
CORT. COMUNE
Altra U.I.
ATRIO COMUNE
GIARDINO

Scala 1:200

SPAZIO RISERVATO PER LE ANNOTAZIONI D'UFFICIO
DATA
PROT. N°

Ultima planimetria in atti
Data presentazione:13/04/1953 - Data: 01/08/2017 - n. .... - Richiedente: ......
Totale schede: 1 - Formato di acquisizione: A3(297x420) - Formato stampa richiesto: A4(210x297)

46.
Casa del segreto di Poeta, 1981

Quel che colpisce, visto da dentro, è soprattutto il buio circostante. Di tanto in tanto si apre il portellone: sollevandosi, consente l'accesso più che alla luce alla visione, scopre il buio per fasce orizzontali.

La visione fuggitiva sono automobili disposte in maniera irregolare. Sono auto sequestrate dallo Stato, tenute in fermo, vincolate dal mistero, da un'istruttoria ancora in corso.

Per quanto si spinga in profondità, la visione non raggiunge la Casa del segreto di Poeta, che non si vede, resta sigillata dentro il buio. Che sia coupé, che sia un'Alfa Romeo, è ciò che la tenebra trattiene e che il libretto di circolazione custodisce, con accanto il nome di Poeta. È l'ultima sua auto, gli è sopravvissuta dopo averlo lasciato solo, riverso in mezzo al fango, all'Idroscalo.

Chiuso il portellone, il tonfo si mangia quello spazio, il buio inghiotte le auto parcheggiate. Al contempo, accende Roma di una luce abbacinante.

Sullo sfondo, millenaria, sfila la via Appia.

Della Casa del segreto di Poeta si può dire prima di tutto ciò che la contraddistingue dentro il mondo delle merci. Il suo nome è Alfa Romeo GT 2000 a cui va aggiunto l'epiteto Veloce, in contrasto con la sua attuale condizione. Ma è proprio l'aggettivazione ciò che sta a cuore – per stile e per debolezza – all'orgoglio di Poeta, primatista assoluto del rapporto spazio tempo, campione del piede a tavoletta, ineguagliato bruciatore di motori.

Quel che è più importante, in questo caso, è la scritta in rilievo sulla placca metallica assicurata al paraurti, Roma K69996. È con quel codice che è inserita dentro l'ingranaggio dello Stato, è ciò che non dà scampo alla Casa del segreto, che precede cioè l'identificazione di Poeta.

Il termine Poeta però è fuori luogo e fuorilegge, non è presente tra le opzioni professionali contemplate dallo Stato. Per cui sta scritto Professore, sul libretto di circolazione e sul documento redatto all'atto del sequestro, il che identifica una classe, che poi è l'unico criterio ritenuto non sospetto.

Ad ogni modo, il colore della Casa del segreto è grigio metallizzato, la scocca è danneggiata, ma non vistosamente. Gli interni sono in texalfa color cuoio naturale, ovvero finta pelle; è il tributo malcelato e sofferente di Poeta all'entusiasmo generale per il benessere diffuso.

Ciò che è contenuto ufficialmente dentro la Casa del segreto, che è cioè certificato, con firma regolarmente apposta in calce, sta in un elenco verticale, in una sorta di versificazione burocratizzata.

Bollo per Tassa di Circolazione;
Tagliando Assicurazione;
n. 3 chiavi per l'accensione, portiere e altro;
n. 1 triangolo con astuccio;
n. 1 cric;
n. 1 chiave per fissaggio ruote;
n. 1 chiave per fissaggio motore;
n. 1 ruota di scorta completa.

Il tutto sottoscritto da tre firme e protocollato, in cima al foglio, dal Nucleo Investigativo della Legione dei Carabinieri.

Ciò che non figura nell'elenco non pertiene al mondo degli oggetti. Non è rinvenibile sui sedili davanti, su quelli posteriori, sotto il cofano, dentro il bagagliaio o sotto i tappetini per i piedi.

Ciò che non c'è e che non è scritto nel rapporto è il suo segreto – gli unici a sapere che cos'è successo, ma senza poter testimoniare, sono il pianale, il semiasse, la coppa dei cerchioni. È di fatto quel segreto, ciò che viene trasportato fuori adesso sulle quattro ruote. Esce allo scoperto, in piena luce, il sole che picchia contro il vetro e il cofano metallizzato. Il portellone viene chiuso alle sue spalle sopra le auto parcheggiate, le reimmerge dentro il buio.

Fuori, sul piazzale, sta in piedi una ragazza; non importa se sia sola o accompagnata. Conta che sia una ragazza venuta a riprendersi l'auto che le spetta, per privilegio ereditario. Conta, soprattutto, che questa sia una restituzione, come scritto e poi firmato da una carica riconosciuta dello Stato.

Sotto il cielo di maggio spalancato sopra Roma, la ragazza fa cantare il segreto di Poeta insieme ai giri del motore per le strade che dalla periferia si spostano verso l'EUR senza mai toccare il centro. Non importa se lei lo ascolti per davvero, perché ne è pieno l'abitacolo della coupé metallizzata, ne è impregnata la tappezzeria.

È un canto inascoltabile. È il lamento di Poeta, un uomo a cui il cuore è scoppiato dentro la gabbia del torace quando quell'auto – che ora guida per le vie di Roma nel primo annuncio dell'estate – gli è montata sopra il corpo, indugiandoci più volte, con i suoi 1500 chilogrammi di solidi e lamiera. Quel canto è il suo segreto, e anche quello scoppio, ai tre quarti di Novecento, a pochi metri da dove il Tevere diventa mare. È un canto pubblico e privato che nessuno può cantare perché non ha parole.

Tranne una – universale e per questo lancinante – che si propaga nello spazio come un'eco dolorosa rimasta tra le ruote: il rantolo finale di Poeta, ridotto a un corpo che morendo come un animale massacrato a bastonate in una notte di novembre gridava "Mamma" contro il cielo.

47.
Casa della felicità, 2009

Il luogo è uno spazio di felicità assoluta, l'unione di due persone in matrimonio. In quanto tale, va da sé, dovrebbe stare fuori da ogni ragione catastale, eludere le metrature, le concessioni, i contratti per le utenze, la manutenzione.

Nel caso specifico, la felicità è contenuta dentro uno spazio comunale, ciò che per definizione rende statistica ogni singola emozione, la fredda dentro i protocolli, la archivia dentro registri che poi la polvere seppellirà. O invece la amplifica, come Io pensa in questo istante, ne fa orgoglio nazionale.

Non c'è niente da descrivere, se non l'eco stantia, ma non per questo meno austera, di uno stanzone consiliare. Lungo tavolo contro la parete, coperto da un telo color ocra. Dalla base di un microfono il filo passa sotto il panno – sollevandolo e mostrando la natura di recupero della tavola – e raggiunge la parete grazie a una prolunga.

Il resto è una bandiera italiana che penzola nel caldo quasi estivo, pigramente, oltre la finestra, sul muro di un edificio comunale di modeste dimensioni ma di dignità statale appena oltre la fine metropolitana di Torino, a ventitré chilometri dalla Casa di Famiglia, di cui questa stanza è un'ambasciata.

Dentro, sulla parete dietro il tavolo la foto di un Presidente della Repubblica a metà del suo mandato – e dunque appena scolorita – e sedie in plastica, colore grigio scuro, disposte in una maniera rituale ma complessivamente standard, buona per ogni sorta di celebrazione, compresa la presente. Un corridoio, ricavato in mezzo, divide lo spazio secolare in due navate.

Davanti alla tavola, due sedie più altre due testimoniali.

La macchina che arriva adesso è la Casa semovente, il dispositivo tecnico preposto a fare di Io da un lato e dall'altro Moglie con Bambina una famiglia. Dato che la reazione si è innescata, la metamorfosi è riuscita, è venuto il momento di documentarla, di apporvi i sigilli dello Stato.

Ora è tutto molto chiaro, quando tre sportelli aprendosi stendono il tappeto a tre persone differenti. Il tempo ha già rovesciato la dittatura genetica delle somiglianze che teneva insieme Moglie con Bambina e lasciava fuori Io: i tre visi hanno la stessa espressione di stupore, sfrontatezza e volontà, Bambina porta la bandiera del miracolo riuscito.

L'auto è sempre quella, né più pulita né più bella, non c'è finzione presa a nolo. Soltanto questo parcheggio in diagonale, nei rettangoli preposti. Li si pensi solo un'ora e mezza prima, dentro la Casa di Famiglia, mostrarsi vicendevolmente l'abbigliamento, sfilare a piedi nudi lungo il corridoio, Moglie con un pudore più tradizionale – e un vestito preso apposta –, e Bambina alla ricerca dell'estetica perfetta per fare di quel giorno una specie di rito di riparazione. Io, dal canto suo, ha poco da mostrare e soprattutto chiede aiuto: è in cucina, seduto a due passi dal lavello, con Moglie e Bambina ai due lati – Moglie con il trucco appena cominciato – che gli sistemano il nodo alla cravatta, con meno perizia e più ilarità. Io lascia fare, sa che il ridicolo di cui le foto daranno testimonianza imperitura è tenuto insieme dalla tenerezza – e resterà piuttosto impressa la risata con cui Moglie e Bambina l'hanno guardato a nodo fatto, da distante, e poi gli sono corse incontro per un bacio.

La bandiera, intanto, è sospinta da qualche refolo di vento, il giallo dell'edificio è percosso da un sole che rende il muro incandescente.

Io è in piedi accanto alla sua sedia, dall'altra parte del tavolo c'è un sindaco abbronzato. Al collo di Io, la cravatta è annodata goffamente.

I parenti della sposa hanno preso posto sulle sedie in plastica disposte dall'impiegato del comune.

Quanto a Madre, Padre e Sorella o Parenti, inutile cercarli tra i presenti.

Il quadro è dunque la metà del salone di pertinenza di Io vuota, l'altra piena.

Le persone presenti sono benvestite e sono una trentina, una decina i bambini, tutti eleganti, alcuni in pantaloncini. Per decenza e bilancia del cerimoniale, un po' dei convitati travasano da una metà all'altra della stanza.

Ci si volti ora verso l'ingresso.

Al braccio di suo padre entra adesso Moglie; è una concessione alla tradizione, e un'essenza di sacro spruzzata sopra tutto.

Io è solo al centro della scena che l'aspetta.

Si immagini adesso la sua commozione, il pensiero che la solitudine è finita.

Il pensiero glorioso, blasfemo, di essere felice e di essersi salvato.

Non si dica altro. Si lasci traccia scritta che tutto questo è stato.

48.

Casa di Nonno mai esistito, 1980

L'appartamento potrebbe essere al sesto come al nono piano. È molto lontano, in ogni caso, tutto quello che si vede da lassù.

La casa è principalmente porte chiuse; se ce n'è qualcuna aperta, Io non l'ha intercettata. C'è un ingresso con due nomi al campanello e uno zerbino con un cane disegnato. La porta la possono aprire soltanto un adulto o due bambini spingendo insieme; è pesante, blindata, spessa una decina di centimetri. Una signora, in piedi sulla soglia, ha guardato Padre e Madre e, sotto, Io e Sorella: bella, con i capelli rossi, e una gonna che le arriva alle ginocchia.

La signora con i capelli rossi li precede in una sala. Ancheggiando, agita i rombi cuciti sulla gonna; Io li guarda da dietro, sono aquiloni che volteggiano dentro un cielo gonfio di tessuto.

La sala è tutta vetri, sono tre finestre messe in fila; difficile stabilire dove finisca la casa e dove cominci la città.

Sulla sinistra, entrando, c'è uno spazio delimitato da un divano blu e da due poltrone; è una stanza nella stanza. Di fronte, un televisore spento è disposto sopra su un mobile, con il telecomando sopra, orizzontale.

In terra, un tappeto rosso fa da pavimento a quello spazio.

Non c'è niente né sul divano né sul tappeto, e il monitor

del televisore è stato appena spolverato. Ci passano dentro, deformati dalla convessità del vetro, Io, Sorella, Padre e Madre, preceduti dalla signora con i capelli rossi, che poi si ferma nell'altra parte della sala, accanto al tavolo.

La tavola è già apparecchiata per otto, nonostante siano solo le undici del mattino. Su una sedia c'è un signore con gli occhiali; indossa una camicia aperta sul petto da cui sbucano peli brizzolati; ha capelli grigi appena pettinati.

In quel momento due ragazzine fanno il loro ingresso nella sala, hanno una decina d'anni tutte e due senza essere gemelle. Stringono la mano a tutti, con educazione. A Padre e Madre dicono "Buongiorno", a Io e Sorella solo "Ciao". Si rivolgono al signore chiamandolo "Papà".

Lui si alza, spingendo indietro la sedia con le gambe e urtando il tavolo. Piccolo concerto di bicchieri, senza danni. La signora con i capelli rossi si sporge verso i calici, facendo da cielo a un nuovo volo di aquiloni.

Il signore ignora la mano tesa di Padre, che s'indurisce per restare aperta; si china appena verso Io e Sorella e dice "Quindi questi sono Nipoti."

"Sono Figli," dice Padre. E intanto ritira la mano, e la lascia cadere chiusa a pugno lungo i fianchi.

"Io sono Nonno," dice rivolgendosi ai bambini.

Nonno offre la mano aperta a Io e Sorella.

Io e Sorella ci infilano la propria, l'una dopo l'altro.

"Tu saresti la madre," dice poi rivolto a Madre. A Padre dice "Sei invecchiato".

"Avevo sedici anni, certo," gli risponde.

"Diciotto," dice Nonno.

"Sedici," ripete Padre. Poi aggiunge "Tu invece sei bugiardo uguale".

La signora con i capelli rossi dice, rivolgendosi alle due ragazze, "Portateli a vedere Roma dal balcone".

Nessuno si muove, e anche Roma resta là a guardare quella scena.

Il pranzo comincia molto presto, prima del previsto; Padre e Nonno siedono lontani. La signora con i capelli rossi parla con Madre; hanno quasi la stessa età ma Madre non mette né rossetto né profumo e ha scarpe basse.

Dopo due bocconi, Io e Sorella vengono portati dalle due ragazzine nello spazio del divano blu. Si siedono in terra così non vedono la tavola. Stanno sul tappeto come dentro una trincea, mentre oltre il divano, a pochi passi, scoppiano le granate delle voci di Padre contro Nonno.

Le due ragazzine hanno lentiggini sul viso, le prime che Io vede sulla pelle di qualcuno. Forse sorridono, ma Io non se ne accorge. Vede solo le lentiggini, i capelli arancioni e le gambe bianche che fuoriescono dalla gonna, le ginocchia appena più rosate.

Non sono gentili ma si occupano di Io e Sorella con sicura procedura.

C'è un cartone disteso tra di loro, gettano i dadi e muovono pedine.

Le uniche parole che si sentono, o che Io ricorda, sono "Tocca a te".

Le altre sono quelle degli adulti e sono tuoni. Nonno risponde a Padre con delle frasi brevi, ridotte all'essenziale. "Non urlare", per esempio.

O: "Hai ragione, non sei invecchiato, sei rimasto a sedici anni".

O: "Sei patetico, hai dei figli e non sai stare al mondo".

O: "Non so nemmeno se sono tuo padre per davvero".

Poi si sente il boato di un pugno sulla tavola, ed è chiaro che è di Padre. Concerto di bicchieri, ma questa volta i danni sono tanti. Io non riesce a calcolare la somma dei due dadi. Le sorelle dicono la cifra.

Madre poi si affaccia oltre il divano e dice a Io e Sorella che bisogna andare. Il pranzo si è fermato al primo; c'è la pasta dentro i piatti. Ma c'è anche la caffettiera e le tazzine piene, per saldare l'inizio con il fine pasto ed evitare al colpo d'occhio il melodramma di un pranzo di riconciliazione andato male. Le ragazzine si alzano gentili, fanno strada, salutano ferme sulla porta in un arazzo di lentiggini, dicono in coro "Ci vediamo".

In macchina Padre suona il clacson battendo la mano sul volante quando scatta il verde. Madre ha gli occhi al parabrezza, non è chiaro se veda Roma al di là del vetro. Io guarda le due nuche e guarda i marciapiedi, le palazzine colorate sulla Cassia, non ha altro nella testa. Sorella fa domande che cadono nel vuoto. Io sa solo che bisogna sciogliere nell'acido anche Nonno; ma non è difficile, era appena entrato.

49.
Casa della voce, 1994

Se vista da un aereo, coinciderebbe con la Casa sotto la montagna. In realtà è spostata verso sud di poco più di cento metri.

Può ospitare una persona in verticale, due al massimo se insieme a un adulto c'è un bambino. È, nei fatti, un parallelepipedo di plastica, un cassone con al centro un telefono a gettoni. Il che significa una cornetta appesa a un gancio, una pulsantiera, e una fessura per inserire le monete.

L'elemento che principalmente la contraddistingue è la sua trasparenza. È il palcoscenico perfetto dell'intimità. Chiunque vi soggiorni sta in proscenio; chiunque passi è invitato a guardare la messa in scena di un dialogo privato, soprattutto a osservare quel che le parole, dette o ricevute, producono sul corpo. Incorniciata dal cassone verticale, è messa in piazza l'espressione fisica del sentimento. Dentro quel teatro passano amori laceranti, liti ereditarie, racconti della buonanotte, richieste di riscatti, nomi di bambini appena nati, voti presi a scuola.

A volte una pallonata fa sobbalzare chi parla dentro il cassone verticale. Altre è invece qualcuno che batte il pugno contro la parete reclamando il proprio turno. È solo in quel momento che a chi parla si spacca la finzione, e per la prima volta vede il mondo fuori. È in quel frangente che chi telefona si accorge del pubblico e prova una forma di vergogna.

Da un po' di anni però, dall'ingresso dei telefoni nelle case, è disertata. Io è di gran lunga il suo maggior frequentatore. La sua ora è abitualmente il dopocena, quando la cabina è solo luce nel deserto generale. Zero spettatori, solo paesaggio di buio, serrande chiuse e qualche cane.

È lì che quasi ogni sera Io va a inserire monete dentro la fessura. Il meccanismo è quello del soldo che di colpo illumina il dipinto nella chiesa. Quello che non c'era, improvvisamente si palesa, il denaro lo fa esistere, anche se solo per un tempo stabilito da un tariffario condiviso.

Ogni sera Io infila la moneta per far esistere una voce. Paga perché si accenda una luce sulla Casa dell'adulterio, dove Donna con la fede vive con Marito e con Gemelli. La tasca dei jeans gonfia di monete è il suo desiderio che la voce non finisca e la luce non si spenga. Fino a quando avrà monete da inserire, la voce esisterà.

A volte il tempo è un tempo prolungato: la luce si accende sulla voce e sulla stanza. Scende il gettone e si illumina la scena: Io può vedere la poltrona su cui Donna con la fede telefonando sta seduta, vede il tavolino, la cornetta che lei porta all'orecchio per parlare. Soprattutto vede, rischiarato al centro della scena, il tappeto su cui si amano ogni volta.

Donna con la fede parla, seppure sottovoce, appoggiando di tanto in tanto la cornetta se Marito entra nella stanza o se ci sono Gemelli che reclamano. Dice loro "Sono con mia madre", o "Con la nonna", poi copre la cornetta, soffoca le voci. Dopo poco – oppure dopo tanto, mentre Io rovista nelle tasche cercando le monete – riprende a parlare sussurrando, dice "Amore mio adesso devo andare".

Quindi aggancia, spegne la luce sull'affresco.

In un istante il buio fagocita la stanza, scompare il tappeto, e insieme al tappeto la poltrona. E Io torna dentro il cassone verticale della Casa della voce, più contento di quando ci era entrato. Spinge le due ante sapendo che il giorno dopo le spingerà nella direzione inversa.

A volte però la luce non si accende sul dipinto, il miracolo a pagamento non si compie. O meglio, si accende ma è solo un lampo che fulmina la scena: la Casa dell'adulterio dura l'istante di un abbaglio, Io può vederla per un attimo ma subito si spegne. Io inserisce infatti la moneta e la voce non è quella giusta, è il "Pronto-Pronto-Pronto" di Marito. Oppure, ancora più ferocemente: il "Pronto-Pronto-Pronto" è quello giusto, è la giusta voce, che però poi dice "Ha sbagliato numero, mi spiace", nonostante Io dall'altra parte continui pateticamente a ripetere "Ti amo".

50.
Casa del sottosuolo, 2001

Da cinque giorni Tartaruga va avanti e indietro per la casa; le percussioni del suo carapace contro il pavimento sono il metronomo irregolare che batte il tempo a questi spazi.
Accelera e rallenta imprevedibilmente. O si dissolve per un tratto, quando Tartaruga monta sui tappeti, per poi riprendere a colpire le piastrelle dopo un po'. A tratti niente, si apposta all'ombra di qualcosa.
Tartaruga non esce in giardino da una settimana. Il cielo è un tappo quadrato che ha chiuso lo spazio tra i palazzi.
Tra le stanze della Casa del sottosuolo, Tartaruga sta più volentieri nello sgabuzzino, dove Io dormiva; dentro l'armadio ci sono ancora i suoi pigiami. Il posto preferito di Tartaruga è sotto il letto, l'angolo più estremo, quello contro il muro.
Lo sgabuzzino è gonfio d'umido, è uno spazio primordiale, un accesso ai primi momenti dell'origine. Tartaruga ci entra come se riprendesse posto in mezzo alle altre specie degli inizi. Si mette sotto il letto finalmente ricongiunta a tutti i rettili del mondo, ad amebe e dinosauri. Ritira la testa dentro il guscio e chiude gli occhi. Lo faceva anche quando Io era bambino, spesso a sua insaputa; arrivava che già lui si era addormentato e si metteva sotto; era il loro letto a castello improvvisato.
Il soffitto dello sgabuzzino ha le stesse macchie d'umido

di allora, di forme e misure differenti, disposte sull'intera superficie. Io le guardava con la testa sul cuscino. Le fissava per ore intere, come nuvole nel cielo. Vi cercava un animale, la silhouette di un'automobile, un pallone.

Se il telefono suona, in questi giorni, Tartaruga corre verso la cucina; l'apparecchio è appoggiato sopra un tavolino.
Quando arriva è sempre troppo tardi, e d'altra parte servirebbe a poco.
Ma è squillato soltanto due o tre volte, in orari da call center. Spesso riprende a squillare poco dopo. Tartaruga, da terra, alza il collo e guarda su finché non smette di suonare. Poi si rintana dentro la corazza, immobilizzata.
Sopra il tavolino c'è una lavagnetta bianca, con un po' di parole scritte a pennarello ma mezze cancellate, difficili da decifrare: sono ruderi di parole, rovine da interpretare. Acqua; sale grosso; ici da pagare; un numero di telefono di Roma, di cui sono illeggibili le ultime due cifre; tende bagno. In mezzo, scritto con un altro pennarello, ANDARE VERANO PER CREMAZIONE.
Se suonano alla porta, Tartaruga si affretta lungo il corridoio.
Rulla il carapace nella penombra dell'ingresso; fa passi lunghi, regolari, fino a un metro dalla porta. La fissa, dal suo passato anteriore. Ma da fuori nessuno può sentire, e infatti continuano a provare. Negli ultimi giorni è successo spesso, per tutta la giornata.
Battono alla porta con le nocche. A volte è una persona sola, altre volte sono due; pronunciano il nome di Nonna, chiedono se c'è bisogno di qualcosa, se possono aiutare. La voce femminile è più gentile, quella dell'uomo ha un tono brusco, minaccia di sfondare. Ma poi smettono sempre; si sente aprire e chiudere una porta.
Dopo si sente il telefono squillare un'altra volta.

Da cinque giorni il corpo di Nonna è disteso in terra, in bagno, davanti al lavandino. Ha la guancia contro il pavi-

mento, ha allungato il braccio prima di cadere, la mano è ancora aperta sopra la piastrella.
È a piedi nudi, gonna e reggiseno.
Da quando l'ha vista, Tartaruga la circumnaviga ogni ora. Fa il giro di quell'isola che si è formata al centro della casa; descrive il suo contorno battendo il carapace a lutto, in processione, tante volte.
Quando passa davanti alla sua faccia, si ferma. Guarda Nonna dentro gli occhi vuoti, rimasti aperti nonostante la caduta. Tartaruga è l'unica che lo può fare senza spaventarsi: fissa le iridi di Nonna, ci guarda dentro come si guarda dal buco della serratura. Quel che vede, al fondo, in lontananza, è la sua morte.
Nonna sta al centro della casa; prima o poi qualcuno butterà giù la porta, e decideranno sul da farsi. Cercheranno un numero a cui telefonare; diranno il poco che si può dire di un corpo steso davanti a un lavandino.
Ma per ora Nonna resta lì, insieme a Tartaruga che la guarda.
Anche per Nonna, da cinque giorni, la sua casa è la sua tomba.

51.
Casa sotto la montagna, 1984

Il campo di calcio non pretende una lunga descrizione.
È quello regolamentare, ovvero due metà rettangolari, due porte, due aree di rigore. Ma è sfinito; è un'abrasione, erba consumata, terra secca. Lo si direbbe proprietà demaniale ma è di pertinenza della curia, è un uomo in abito talare a condizionare gli accessi, a offrirlo come ricompensa terrena dopo il catechismo.
Sul campo il verde resiste, a chiazze, per pura coincidenza. È stato mancato dalle traiettorie del pallone, dalle suole delle scarpe: è rimasto fuori dalla storia delle partite che negli anni si sono disputate in quello spazio. Ma sparirà, è solo questione di dribbling e di contropiedi.
Per il resto, le partite sono una faccenda di puro arbitrio, non ci sono linee a delimitare l'inizio e la fine degli spazi. Ci sono state, ma è una cosa del passato: una linea bianca di vernice sopra l'erba ha ritagliato un campo da pallone in mezzo a un prato. Il tempo poi l'ha portata via, ed è diventata memoria tramandata: chi l'ha vista la conserva, ha voce in capitolo sui calci d'angolo e i falli laterali. In assenza dei veterani, diventa negoziazione sull'invisibile. Il discrimine sono, naturalmente, l'esercizio della forza fisica e la paura. Il più forte impone la sua immaginazione.
Le porte sono strutture ortogonali senza rete; è pura metafisica, anche piuttosto arrugginita. Davanti a ciascuna porta c'è una buca, un cratere a forma ovale. È un dislivello di

poco conto nel terreno, scavato dalle scarpe. È la testimonianza dell'ansia e della noia dell'essere portieri.

Il campo, ad ogni modo, è parte di un processo lento di estinzione. Si stingerà, pur rimanendo.

Io ci entra solo quando il campo è disertato, per vocazione alla solitudine, ordinanza parentale e non conformità alle regole del gioco: niente comunione in chiesa, niente gioco del pallone insieme agli altri.

Così lo porta l'imbrunire. Sotto le finestre, Io passa in processione con il pallone sotto il braccio.

Qualche volta lo fa rimbalzare, per sentire un suono differente.

Capita, prima di arrivare al campo parrocchiale, che si fermi sotto l'edificio della scuola. Guarda le finestre, come se scrivesse sul margine bianco di un copione. Intercetta una finestra, dietro c'è il proprio banco vuoto, come vuoto è il resto della classe: è la tragedia della campanella, quella finale soprattutto: ogni giorno è una sentenza, lo riconsegna a un sistema familiare compromesso. Ma Io non pensa questo, lo lascia pensare al proprio piede destro, che prende a pallonate la parete in una vendetta a percussione, i denti stretti, la balistica cosciente di avvicinarsi al vetro senza mai colpirlo, la rabbia personale contro l'edificio dello Stato, reo di abbandonarlo, di non trattenerlo dentro.

Poi entra in campo correndo, pronto a dare il proprio contributo di attaccante. Il tempo regolamentare della sua partita è di una ventina di minuti, il tempo che lo separa dall'ora che Padre ha stabilito per la cena. Ma è sufficiente per inventare migliaia di persone e degli spalti. Veste la divisa della Roma, e ha un 10 sulla schiena: è un fantasista, sa come dribblare ogni avversario inesistente. Sa come calciare il pallone all'incrocio tra il palo e la traversa, e poi gridare con le braccia alzate.

Corre per il campo a perdifiato, commentando ogni prodezza con la voce. È il telecronista dei suoi gesti muscolari, della propria prestazione, di ogni goleada. Io ha piedi d'oro, fa la differenza se ben disposto in campo: è il capocannoniere di una solitudine assoluta.

Qualcuno lo vede dal balcone, in lontananza, quando l'imbrunire se lo prende. Vede un bambino giallorosso che corre in mezzo a un prato e alza le braccia in segno di trionfo. Poi esce quando scocca l'ora, corre calciando il pallone sull'asfalto, dilatando così il campo da gioco all'infinito.

52.

Casa di Prigioniero, 1978

Come abitazione, l'ultima Casa di Prigioniero è regolarmente accatastata e ha nomi scritti al campanello. Ciò che sta dentro e non si vede è un cuore che pompa sangue infetto, putrescente, nel paese.
L'arredamento è la cosa dirimente. La scelta del dettaglio, la coerenza del mobilio, la conformità al gusto del palazzo. Conta trovare il modo di scomparire nella foto, farsi dimenticare, disciogliersi nel quadro generale.
Consta di due stanze da letto, un salone e una cucina.
Il salone ha tre pareti a finestra. Molta luce, trasparenza, tutto il fuori guarda dentro, o almeno ne avrebbe facoltà. Da cui, però, l'arredo: sopra le finestre, tre bastoni da cui pendono le tende in tulle bianco. Quando sono chiuse, il fuori resta sul terrazzo, che è circondato da una siepe.

L'elemento su cui focalizzare l'attenzione è la libreria che occupa la parete in fondo, per quasi tutta la lunghezza. Ci sono dei volumi dentro: non prendono tutto lo spazio ma sono disposti in modo da occuparne il più possibile.
Non si vedono i titoli, non si intuisce un criterio. Non c'è criterio, si direbbe, se non quello di trasformare un mobile qualsiasi in una libreria. Sembra tale entrando nella stanza, se qualcuno mai dovesse entrare. Sembrerebbe tale anche se qualcuno da fuori guardasse nella casa, se non ci fossero le tende. Anche se si aprissero e chiudessero in un istante, come

un otturatore. Resterebbe l'immagine nell'occhio, l'impressione di normalità.

La libreria è appoggiata contro una parete in cartongesso; dietro c'è Prigioniero sopra la brandina. La libreria è la parete della sua prigione; sono le parole, chiuse nei volumi, a tenerlo prigioniero. Le parole sono i carcerieri, silenziosi, appostati dietro il muro.

Due volte al giorno si apre una porticina, ricavata tra i volumi, e compare un vassoio con il suo nutrimento. La libreria è il suo cordone ombelicale, Prigioniero succhia vorace perché non c'è altro che lo può tenere in vita.

Come ogni feto non è mai pronto a uscire eppure vuole farlo per istinto; perché come ogni feto sa e non sa che è la vita fuori – quella cioè verso cui tende ogni suo movimento – quella che lo ucciderà.

Data presentazione: ~~16/07/1960~~ - Data: ~~14/07/2015~~ - n. T277688 - Richiedente: ~~[signature]~~

Allegato "A" al cap. 44085/12130

MINISTERO DELLE FINANZE
DIREZIONE GENERALE DEL CATASTO E DEI SERVIZI TECNICI ERARIALI
NUOVO CATASTO EDILIZIO URBANO
(R. DECRETO-LEGGE 13 APRILE 1939, N. 652)

Mod. B (Nuovo Catasto Edilizio Urbano)
Lire 20

Planimetria dell'immobile situato nel Comune di ~~...~~ Via ~~...~~ int. ~~...~~
Ditta ~~...~~
Allegata alla dichiarazione presentata all'Ufficio Tecnico Erariale di ~~...~~

B.B - 0402107
h = mt. 2.80

PIANTA PIANO PRIMO

ORIENTAMENTO

SCALA DI 1:200

SPAZIO RISERVATO PER LE ANNOTAZIONI D'UFFICIO

DATA
PROT. N° **2081470**

Compilata dal ~~geometra~~
~~Francesco ...~~
Iscritto all'Albo dei geometri
della Provincia di ~~Rovigo~~
DATA ~~...~~
Firma ~~...~~

Catasto dei Fabbricati - Situazione al ~~...~~ - Comune di ~~...~~ (H501)
C. 16

Unica planimetria in atti
Data presentazione: ~~16/07/1960~~ - Data: ~~14/07/2015~~ - n. ~~...~~
Totale schede: 1 - Formato di acquisizione: fuori standard (252X377) - Formato stampa richiesto: A4(210x297)

53.

Casa di Parenti, Casa del recinto, Casa sopra i tetti, 2005

Il punto qui è la giustapposizione: accostare nella testa tre case nello stesso istante, procedere con visualizzazione multipla.

La prima è Casa di Parenti. Dunque corridoio, ingresso, Parenti seduti sullo sfondo, televisione accesa. Prima ancora, palazzina. Tutto intorno, Roma. Non lontano, anticipato nello sguardo dalla discesa disciplinata degli aerei, il mare, Fiumicino.

Tornando dentro, restringendo il campo: al fondo del corridoio, con il gomito sul tavolo, sta seduta Madre attorniata da Parenti vecchi e da Parenti giovani. È un'immagine corale, il volto di Madre è contratto nel dolore, anche se non è il dolore il tratto prevalente. La luce decadente del tardo pomeriggio le tinge le gote di un rosso stanco e palliativo; le infonde, si direbbe, un che di femminile.

Nel coro di Parenti, alcuni stanno seduti intorno al tavolo, stretti intorno a Madre nell'atto dell'ascolto – un ascolto fatto soprattutto d'occhi, con i muscoli del collo in evidenza, le facce protese, le palpebre spalancate dalle ciglia.

Altri Parenti – Parenti giovani, principalmente – stanno in piedi molto prossimi alla scena, così vicini che quasi il tavolo sparisce nella confusione. Un paio di loro ha la mano poggiata sulle spalle di Madre.

Pur nel pathos che prende tutto il quadro – soprattutto il volto di Madre, l'espressione di una sofferenza che ha però l'aria di una gioia castigata – il sentimento che prevale è un sentore di sollievo. Si direbbe che il tono generale è quello del pericolo scampato. Dunque il peggio che non è accaduto, che resta sempre il peggio però dipinto sullo sfondo.

Questo è ciò che si vede dentro Casa di Parenti aprendo la porta. Quanto al movimento, o non c'è o è marginale. Le parole sono l'unica presenza animata della scena: sono battiti di labbra, sussurri impercettibili all'orecchio.

Tra gli elementi solidi presenti, la valigia di Madre, poggiata a pochi passi dall'ingresso, è l'oggetto che non si può evitare. Più che una valigia è un contenitore cilindrico in tessuto color juta. Non ha tracolla ma due manici di cuoio. Come linea, si direbbe destinata all'attività sportiva, se non fosse che Madre non ha nulla di corrispondente. Certo è che, in mezzo al corridoio, isolata sopra il marmo maculato dell'ingresso, è l'indizio di una fuga da Padre.

D'altra parte se si cercasse Padre nella Casa di Parenti non lo si troverebbe, se non nella linea sportiva della borsa che con ogni evidenza gli appartiene.

È a questo punto che all'immagine della Casa di Parenti, al quadro affollato e bisbigliante intorno a Madre, va giustapposta la Casa del recinto. Settecento chilometri più a nord, 783 per l'esattezza.

Nell'appartamento, Padre è un corpo seduto su una sedia accanto al tavolo in cucina. Ha la testa nascosta tra le braccia; accanto alle braccia si vedono gli occhiali; e sotto, una tovaglia in cerata, figure astratte di verdi differenti.

Se il quadro fosse questo, si potrebbe parlare di un'analogia seppure rovesciata: il tavolo, la scena del dolore e il vuoto del resto della casa. Il rovescio, va da sé, è il gruppo da una parte, la turba di Parenti, e dall'altra la solitudine assoluta. E poi, altro rovescio da considerare, il fuori: il cielo blu romano scontornato dai palazzi, puro struggimento di arancioni, e dall'altra il recinto e il cemento armato. Sul cielo del Nord Italia, che pure è alto sopra i parallelepipedi, non c'è da dire molto.

Ciò che veramente conta, nella Casa del recinto, non è nemmeno Padre, che in questo istante è del tutto inoffensivo. Contano invece i muri, il perimetro dell'appartamento, a cui si potrebbe aggiungere l'odore. Il bianco delle pareti, quello almeno compreso nello spazio libero dalle cornici – stampe di quadri poco ovvi ma famosi –, è imbrattato di immondizia.

Sono chiazze di forme differenti, sfrangiate sui contorni. Per quanto dettagliata, la descrizione non rende conto della violenza che lo sguardo percepisce: si tratta di una parete lapidata, condannata a soccombere ma a restare in piedi. Sul pavimento in mattonelle, l'oggetto di quei lanci: bucce di banana, la carcassa di una bistecca mal mangiata, una confezione di latte accartocciato, più un coacervo informe, indifferenziato, di scarti della filiera della produzione e del consumo. Riverso sopra le piastrelle, il cesto del pattume rovesciato.

Si aggiunga ora una casa, prima della conclusione. Al dittico si avvicini la Casa sopra i tetti. Cioè Parigi oltre le finestre.

Si visualizzi Io seduto in terra, accanto all'immagine di Padre con la testa tra le braccia sopra il tavolo e di Madre al centro del coro bisbigliante di Parenti.

Sul tappeto accanto a Io, dentro la Casa sopra i tetti, il telefonino. Non si aggiungano troppe parole sul ruolo del telefono nel trittico descritto. Ma si noti l'espressione di strazio sulla bocca di Io, la sua nuca contro il muro.

E ora la conclusione, successiva ma a non più di un giorno di distanza.

È Madre sopra un treno, di ritorno; è a circa quattrocento chilometri dalla Casa del recinto, fuori la linea retta del Tirreno. La borsa, che prima stava in terra nel corridoio di Parenti, ora è tra i suoi piedi. La faccia, l'espressione che la copre, sono di pacificazione e di sollievo, è il conforto della fine della fuga.

Secondo quadro, Padre che pulisce, sollievo e sguardo di vergogna.

Terzo, Io che lancia un urlo dentro il letto, il telefono in carica in cucina.

54.

Casa dell'armadio, 2006

La consistenza della luce, e la durata, sono quelle del lampo che illumina un dettaglio.

Lo spazio illuminato è quello del tavolo in soggiorno, dentro la Casa dell'armadio. È un piccolo quadrato, la fattura è dozzinale, color olmo verniciato malamente. È piccolo, ma per Moglie e per Bambina è sufficiente: sedute in due fanno una famiglia, non c'è traccia di nostalgia per ciò che manca. Se, come adesso, gli invitati sono più del doppio delle due inquiline, occorre giuntare una protesi al quadrato regolamentare.

Interviene allora un tavolo di plastica, tipico mobilio da giardino. Superficie un tempo bianca, adesso un po' ingiallita ma sempre dignitosa; base solida e quattro gambe a incastro, di sezione ortogonale. Normalmente parcheggiato sul balcone, viene affiancato all'altro tavolo quadrato.

Questo è dunque il centro della scena: stoviglie per otto, tavola lunga e apparecchiata. È l'ora della sera in cui scompare il fuori e le finestre raddoppiano gli interni, sigillando tutto dentro la visione di uno specchio.

L'immagine specchiata è un fine cena, i piatti sono sporchi, alcuni impilati ai margini del quadro, altri presumibilmente nel lavello, che però è fuori dallo spazio illuminato dalla lampada a piombo sopra i convenuti.

Chi siano le persone sedute intorno al tavolo importa

poco o niente. Certo è che c'è Io e c'è anche Moglie, sono i loro primi tempi insieme, è l'inizio di una relazione; Bambina potrebbe già essere nel letto. Va detto in realtà che c'è Moglie soprattutto, è lei il vero centro della scena.

Il resto della tavola è questione di comparse – tutti più o meno quarantenni – tranne uno. È un uomo, faccia cava, le ossa coincidono appieno con il viso, lo sguardo sta in fondo alle due cavità orbitarie. Ma sorride, scopre i denti, mostra gengive che stanno battendo in ritirata. L'impressione complessiva è di una dolcezza che è spietata e indifesa insieme, sa di resa dei conti con la fine.

Il naso è adunco, la calotta glabra della testa ha una pellicola sudata che riflette con un barbaglio fisso il lampadario.

L'uomo sta morendo, lo si intuisce dal tipo di gentilezza dei presenti. Ogni gesto che gli è dedicato è un conto alla rovescia, ogni sorriso elargito una vite nella bara.

Nessuno nomina il tumore, nemmeno con parole palliative; ma tutti sanno che gli sta facendo scempio delle ossa, che gli mangia la colonna vertebrale.

La parola che nessuno pronuncia è il segmento che unisce Moglie all'uomo. Non è chiaro, forse, non c'è consapevolezza nella tavolata. Ma c'è una differenza nella pasta degli sguardi: Moglie non ha compassione, ha una nettezza senza sbavature quando gli porge il pane e dice "Prego".

Io se ne potrebbe accorgere ma è troppo distratto dal dire sempre Io.

Poi succede tutto in pochi istanti. L'uomo di colpo prende la parola, alza il calice di vino. Gli altri sollevano il proprio in una specie di sollievo collettivo, ma l'uomo chiede esplicitamente di abbassarli.

Dice "Per favore" per togliere il disagio, ma il disagio si raddoppia.

Vuole fare un brindisi con Moglie e nessun altro.

Ora si immagini la scena. I due visi, i due calici, tutti gli altri in un attimo nell'ombra, secondari alla visione e marginali; Io è con gli altri, non si vede, è parte della melassa con cui il buio vendica la luce.

L'uomo dice a Moglie – guardandola negli occhi da dentro le proprie cavità orbitarie – una manciata di parole che in un lampo fanno il quadro.

Dice "Siamo noi due i più fortunati in questa stanza".

Questo è il lampo, la visione. La frase è puro contropiede.

Nel buio tace la massa imbarazzata del ridicolo esercito dei sani.

55.

Casa dei ricordi fuoriusciti

La Casa dei ricordi fuoriusciti è un ronzio che non si arrende. Anche quando resta appeso, dal granchio scaturisce una tensione, uno slancio elettrico trattenuto, un'intenzione. È un dispositivo concepito per agire, buttarsi a precipizio con le chele spalancate, frugare nella sabbia sottostante, tentare l'artiglio, tornarsene su con un ricordo appeso che Io non ricordava.

Di notte, soprattutto, lavora senza sosta. Non ha luce che la illumini, funziona per ostinazione e per istinto, non c'è blackout che la può fermare. Non si pensi solo a Io, incosciente dentro il sonno, al pensiero tutto sommato confortante che un ricordo rimesso al posto giusto lo potrebbe completare. Si pensi piuttosto ai ricordi, ostaggi del cassone in plexiglass, che da dentro guardano fuori. Si pensi al paesaggio che appare loro, cui dovrebbero invece appartenere.

Il gancio adesso scende, il ronzio acquista densità più ancora che volume. Si appoggia sul fondale, e sembra indugiare qualche istante prima di stringere la morsa. Da sotto, poco sotto, Sorella sente la pressione di quel grave. È immobile, è solo metallo premuto sulla sabbia, ma comprime la sua aria. Come ogni volta, si tiene pronta ad aggrapparsi, a farsi estrarre dall'oblio; come ogni volta sarà di nuovo invano.

D'improvviso esplode un tuono, che però lì sotto è un colpo che arriva già attutito. È solo il gancio che si è mosso aprendo le fauci ulteriormente, con una specie di ruggito.

Sorella ha una valigia, mentre di solito si predispone per essere leggera; ma se riesce nell'intento, questa volta è per non tornare più. È vestita da bambina; così – pensa – Io non può non riconoscerla, non può non vedere i suoi codini. Dentro la valigia, insieme a tutto il resto, ha un mazzo di lettere tornate indietro, in cui gli dice che gli vuole bene, e una lettera soltanto ricevuta, quella che le ha spedito Io, in cui c'è scritto che lui non si può voltare, che lei, Sorella, è l'arto che lui lascia dentro la tagliola per salvarsi.

Ci sono anche due foto, nella busta, una in cui i due fratelli ballano in cucina, avranno dieci e dodici anni, Sorella conduce, Io segue goffamente, un po' imbranato. E un'altra, la seconda, del balcone di Sorella, fotografato dalla strada, dal finestrino, la macchina accostata dopo aver lasciato per l'ultima volta – per sempre – la Casa del recinto, con Moglie e con Bambina; è una foto fatta male, timorosa, un po' saluto vigliacco un po' un'esecuzione.

Quando vede il gancio bucare il cielo sotto cui è stata confinata, Sorella alza una mano ma senza convinzione. Dopo si risiede, in una specie di rinuncia; si scioglie i nodi dei codini, mentre la chela le fruga accanto, basterebbe distendere la mano e non lo fa. E mentre la chela torna su, apre la valigia e disperde le lettere nella sabbia, ne fa semina e concime. Poi si ferma, guarda in alto, vede il gancio sparire, il ronzio lì sotto si attutisce.

56.
Casa di Nonna Bambina, 1982

Questa casa la si può soltanto immaginare. La conosce solo Nonna; non è detto, a rigore, che sia nemmeno mai esistita, se non perché Nonna la descrive a Io e Sorella prima di dormire.

A sostenerla non ha dunque muri ma parole. L'architrave è l'alfabeto, il calcestruzzo sono le frasi che Nonna ha pronunciato, e con le quali Io e Sorella giorno dopo giorno l'hanno tirata su a occhi chiusi dentro il letto.

La punteggiatura è servita per fissare la struttura: hanno usato le virgole come chiodi per appenderci dei quadri, i punti e virgola sono serviti di rinforzo quando è stato necessario, sono stati dei buchi tassellati. Con i due punti hanno fatto passare i tubi e i cavi elettrici nei muri, hanno portato acqua nelle tubature e la luce nelle stanze, si sono accese le lampade in cucina, la radio ha cominciato a mandare canzoni registrate.

I punti, infine, hanno assicurato le cose con le cose.

È in questo modo che Nonna per tanti anni ha mostrato la Casa a Io e Sorella. Lei stessa, d'altra parte, non c'è mai più potuta entrare. A vent'anni è stata messa alla porta con il consiglio di non farsi più vedere. Tutto questo dopo essere stata, per vent'anni, la figlia mediana dei Signori.

La ragione per cui è successo tutto questo è un segreto che Nonna ha messo in cassaforte e di cui non esiste più la chiave. Ma è successo. Da allora la casa fa parte della sua necropoli interiore.

La Casa di Nonna Bambina sta nel centro cittadino. Della Roma che si apre tutto intorno, dice Nonna, questo è il centro del compasso. Tutto il resto sono i cerchi che, cadendo, ha sviluppato: uno dei più piccoli passa per la Casa del sottosuolo. Allargando il braccio del compasso si arriva fino al mare.

Vicino alla Casa di Nonna Bambina c'è un edificio vecchio di duemila anni, meta di pellegrinaggi ininterrotti. Ha una struttura circolare, con colonne corinzie che sorreggono un frontone e un porticato. Ha una cupola schiacciata che si vede da lontano, con sopra un'apertura circolare che trasforma il cielo, se guardato dall'interno, in un disco blu: è un occhio che guarda chi cammina sotto.

La cupola, vista dall'alto, assomiglia a un carapace. C'è una tartaruga, in mezzo a Roma, sospesa tra i palazzi.

Dentro l'edificio circolare non c'è niente; è per questo, dice Nonna, che tutti lo vogliono vedere. C'è chiuso dentro quello che nessuno può capire; è difficile anche mettersi a pregare. Infatti nessuno sa che fare; camminano tutti sotto l'occhio spalancato. Non pensano al divino, ma si muovono con una specie di imbarazzo, fanno avanti e indietro, scattano due foto, si bisbigliano l'un l'altro nell'orecchio.

Lì vicino, sul lato sinistro guardando la facciata, c'è la Casa di Nonna Bambina.

Una mattina, Nonna porta lì Io e Sorella perché vuole che la vedano da fuori. Ci arrivano col bus, e dopo fanno un pezzo a piedi.

Prima passano sotto il colonnato ed entrano nell'edificio circolare; Nonna mostra loro tutto il vuoto che contiene. Si spingono verso il centro del tempio: adesso nell'occhio ci sono una signora e due bambini.

Da fuori, la Casa di Nonna Bambina sono quattro file di finestre. Nonna indica quella che sta in cima, sotto il cornicione; la facciata è un foglio bianco su cui sono scritte cose che Io e Sorella non sanno decifrare.

<u>Nonna le legge a voce alta.</u>
"<u>C'era una volta Nonna Bambina e adesso non c'è più.</u>"
"<u>Era ricca, e adesso non possiede quasi niente.</u>"
"<u>Si poteva vivere al quarto piano, e non nel sottosuolo come i topi.</u>"

Poco dopo sono alla fermata, e aspettano che il bus li riporti nella Casa del sottosuolo, sopra il colle. Se ci sarà tempo, prima andranno a vedere il cannone che spara contro Roma.

C'è altra gente che aspetta insieme a loro; ogni minuto il gruppo diventa più numeroso. Sono una matassa sola, in cui non si distingue niente né qualcuno. Un po' staccata dal gruppo c'è Nonna, e ai suoi due lati Io e Sorella: è un angelo che ha due ali ma è costretto a camminare. Per questo prende il bus, schiacciato in mezzo a decine di persone.

Quando scende a destinazione, l'angelo ha le ali stropicciate; se le aggiusta con le mani; dopo s'incammina verso casa.

57.
Casa del recinto, 2012

Lo spazio della casa è ridotto a due punti luce più il televisore. Il resto è affogato dentro il buio del tardo pomeriggio, la sera in cui finisce l'anno.

Oltre i vetri, le luminarie delle feste, ma sono poca cosa: è un esercizio sterile, pubblicitario, in un quartiere in cui si torna solo per dormire. Sono per lo più gli addobbi del centro commerciale, e compensano, accentuandola, la mestizia delle vetrine spente. Ma la luce è intermittente, il che movimenta quantomeno il buio nella Casa del recinto.

Dei due punti luce, uno sta in cucina. È flebile, e si irradia intorno ma per poco, è un getto di chiarore che non prende un corpo intero. Di fatto, è la luce della cappa sopra i fuochi, inscindibile dalla ventola per aspirare il fumo. È dunque un semibuio che per giunta fa rumore.

Sotto ci sta posizionata Madre, o meglio la sua faccia fino al collo. La testa è sospesa, obliqua, lo sguardo verso il paesaggio di padelle sottostante. La lucina della cappa mostra la ricrescita ingrigita: non visibile allo specchio, è un'eruzione che zampilla come una fontana sopra il cranio.

Mescolare, sfrigolare di cipolle, il toc toc del coltello sul tagliere in sottofondo è il poco che si sente. Più il tirare su col naso di Madre, dovuto alla cipolla.

Nel buio, oltre al resto del suo corpo, la tavola disposta

per la cena. Due postazioni dirimpetto, piatti multipli per scandire le portate, posate conseguenti, bicchiere per l'acqua e per il vino.

Dire che è buio è certamente esagerare: la tavola la si intravede grazie ai lampioni che, fuori dalla finestra, innaffiano lo spazio interno del recinto. È luce carceraria, non concede quasi ombre; è bianca, prepotente, e spinge compatta contro i sei parallelepipedi in cemento armato. Il che significa che per quanta cura si metta nell'arredo, per quanto vi sia margine di sottrarre il dentro all'estetica dominante del cemento lavorando sul mobilio, sui tappeti e sulle lampadine, quella luce riporta tutti nel recinto.

Adesso si rovescia sulla tavola appena apparecchiata dentro casa, i doppi piatti, la tovaglia rossa, la candela che nessuno accenderà. Madre non la vede, lavora solo sui dettagli, non guarda più nemmeno fuori.

Il secondo punto luce è nella sala da pranzo adiacente alla cucina; è una piantana posizionata a fianco del divano. La luce è morbida ma la dimensione della lampadina è troppo grande e sfigura la complessiva grazia dell'oggetto.

Di fronte, il televisore è acceso; il telecomando è abbandonato sul divano, che trattiene ancora, inconfondibile, l'impronta del corpo di Padre, la fossa della sua seduta. Lo schermo, nel semibuio, balugina in un soliloquio elettrico un classico hollywoodiano per le feste, interrotto di tanto in tanto da réclame di auto, spumanti, ansiolitici, compresse digestive. Il tutto a un volume troppo alto per non essere ascoltato da nessuno.

Poco oltre, nella stanza che fu di Io e Sorella – poi sgomberata e sottratta di ogni loro arredo, quindi attrezzata a seconda sala – il viso di Padre è ciò che, solo, si scontorna nel buio generale. Lo ritaglia il monitor del computer, una bocca di luce spalancata. La scena è quella di una chiamata, Padre si è consegnato a ciò che vede, batte sopra i tasti, sposta gli occhi sullo schermo, lontano millenni da tutto ciò che lo circonda. Madre che cucina è rumore di fondo che non scalfisce l'assenza digitale in cui ormai si è trasferito Padre.

Il resto della Casa del recinto, questa sera, a quest'ora poi particolarmente, conta poco. Penombra diffusa – ma buio completo dentro il bagno e nello sgabuzzino – sopra il letto matrimoniale.

A pochi passi dal divano, la tavola circolare preposta ai pranzi conviviali. Caduta in disuso, è un oggetto solitario che prende elemosine di luce da due stanze, ma nel complesso resta al buio.

(Arriverà l'ora della cena, Madre proverà a estrarre Padre dal monitor, Padre non la sentirà, i piatti fumeranno da soli in cucina nell'attesa. Madre ci riproverà, nel frattempo i piatti avranno smesso di fumare, si siederà nella fossa di Padre, davanti al televisore. Quindi Padre comparirà, spegnerà la tv nella sala. In cucina si siederà di fronte a Madre. Lei si posizionerà davanti a lui dopo avergli riscaldato l'antipasto; si siederà e comincerà a mangiare, silenziosamente davanti al silenzio del marito. La fontana dei capelli grigi continuerà a zampillarle sulla testa fino a mezzanotte, quando accenderanno la piccola tv della cucina per sentire il conto alla rovescia con pubblico televisivo.

Anche quest'anno, Madre dirà che si può provare a chiamare Io per fargli gli auguri e sentire come sta, e Padre non replicherà. Anche questa volta ci sarà una voce registrata che dirà che quel numero non è più in uso. Gli manderanno lo stesso un messaggio che andrà a schiantarsi contro il muro di un numero cambiato. Dopo poco Padre prenderà il telefono e, togliendosi gli occhiali e avvicinando alla faccia l'apparecchio, digiterà un insulto e una maledizione. Madre scriverà qualcosa per Sorella – riceveranno probabilmente un suo formale "Grazie" il giorno dopo. Riceveranno auguri standard da Parenti, che Madre leggerà a Padre a voce alta, e Padre non ascolterà; Madre risponderà non si sa esattamente cosa.

Prima dell'una andranno a letto; le serrande, in camera, terranno fuori la luce della strada. Nelle altre stanze invece resteranno alzate, i lampioni del recinto continueranno a gettare malinconia nella casa nottetempo. Il telefonino resterà acceso sul tavolo in cucina.

Riproveranno tutto l'anno dopo.)

58.
Casa del sottosuolo, 2005

A quattrocento metri dalla Casa del sottosuolo c'è un laghetto. Lo si raggiunge prendendo per la strada in discesa che porta ai vecchi quartieri popolari, che non lo sono più o non del tutto, ma contengono la stessa cosa: una deriva che vorrebbe esser dignitosa.

Prima del laghetto c'è il cancello della villa. Lo aprono presto la mattina; qualche volta ci sono davanti un paio di persone, oppure gruppi di podisti che saltellano sul posto con gli shorts e le cuffiette. Appena il cancello lascia libero l'accesso, i gruppi in realtà non sono tali: sono singoli impiegati che hanno fatto acquisti nei negozi specializzati per la corsa; se faticano prima – hanno scoperto tutti insieme – sono più contenti di andarsene in ufficio. Il jogging fa bene al capitale.

A quell'ora ci sono sempre, anche, uomini assonnati con i cani. Se li fanno correre prima, hanno capito, non gli mangiano i divani. Lanciano bastoni e pietre con gesti non ancora carburati, e i cani glieli riportano felici; telefonano all'amante, se ce l'hanno, o alla madre.

Proseguendo per la strada in terra battuta, al di là del cancello, si avanza sotto un portico di foglie, alberi protesi oltre lo spazio di spettanza del tronco che li regge. Bastano due curve, e dopo si spalanca il lago.

Fino a una ventina di anni fa ci nuotavano le nutrie; stavano sprofondate con quasi tutto il corpo dentro l'acqua, si spostavano come alligatori; si vedeva solo il pelo, in superficie, e la loro lunghezza di toponi.

Dietro di loro, l'acqua si apriva come una cerniera.

Portavano in bella vista i denti arancioni, che mostravano ai bambini. I bambini, armati dai padri e dalle madri, lanciavano del pane.

Adesso sembrano essere sparite. L'acqua è dunque piatta, appena increspata ma solo quando il vento soffia forte.

Ogni decina di metri, lungo la strada che circonda il lago, c'è una panchina per sedersi, e una staccionata di legno, di fronte, piuttosto infragilita. I bambini si sporgono, fanno gesti di richiamo con le mani. Lanciano croste di pane verso l'acqua, e biscotti che gli passano le madri.

Sotto di loro, dentro l'acqua ma già quasi a riva, tanti musi – piccoli, dai volti quasi umani, ma scolpiti – si sporgono nella loro direzione.

Sono decine di tartarughe d'acqua che si sbracciano, agitano le zampe, al cospetto degli esseri umani che li chiamano da sopra. Il sole colpisce in un abbaglio i mosaici del loro carapace, l'antichità remota delle loro case.

Sono state liquidate da figli che se n'erano stufati, dopo averle pretese da bambini. Dopo averle viste girare per casa o nuotare goffamente in un acquario, hanno stabilito che ne avevano avuto a sufficienza. Le avevano ricevute che erano poco più di noci, e un giorno di colpo poi erano giganti, preistoria che strisciava armata per la casa.

L'acqua del laghetto quindi se l'è prese, in sostituzione delle nutrie. Le abbandonano le madri, di solito, in una specie di rito di liberazione: vanno verso sera e le consegnano a quel surrogato di brodo primordiale.

Le tartarughe poi si spingono tutte insieme verso riva, quando vedono le famiglie affacciate con le munizioni alimentari per i figli. Non è per fame, né per farsi vezzeggiare. È una contestazione, muta, della specie.

59.
Casa signorile di Famiglia, 2019

La Casa signorile è tornata puro spazio; coincide con la planimetria archiviata dentro i faldoni del catasto. È dunque solo superfici in muratura e pavimenti: c'è campo libero per l'eco, che ritorna dopo essere stata messa fuori dalla porta all'arrivo nell'appartamento dei mobili di Io e di quelli di Moglie con Bambina.
Ora l'eco, liberata, gira per la casa vuota. È rientrata con l'ultimo mobile sfilato fuori dalla porta – l'armadio blu di Io, scomposto nelle componenti, giustapposte e assicurate con del nastro, in verticale –, si è inserita prima che la porta chiudesse a chiave il vuoto.
Ciò che dunque l'eco ha propagato, inizialmente, è stato proprio il tonfo del battente, la chiusura della porta insieme allo scatto della serratura.

Quello che propaga adesso, invece, è una radiolina e delle voci. È tutto un po' in sordina e al tempo stesso amplificato. La radio è sopra il pavimento, spruzza musica e parole rasoterra; l'eco se le prende e le disperde nel resto della casa. Le finestre aperte non disturbano il lavoro.
Le voci sono straniere; si direbbe che è la sfumatura slava quella che prevale, ma non è la sola, c'è un contrappunto di latino. Ad ogni modo le voci forse sono solo una, che diventa un coro con la radiolina. A volte quando canta si interrompe per tossire; poi riprende.

L'eco riproduce tutto fedelmente.

Perché sia completa, la partitura della casa, va inserito un battere morbido e piuttosto regolare. Il timbro è quello inconfondibile che fa il pennello contro il muro, la percussione delle setole, cui va aggiunto il ghigno liquido – a ogni tocco – prodotto dalla vernice sulla muratura.

Puntuale, ma più raramente, arriva l'altro battere, quello del secchio di colore che colpisce il legno del palchetto, sollevato e poi spostato altrove, da una mano prima e poi dall'eco un po' pedantemente.

Se si aggiungesse il senso dell'olfatto si sentirebbe l'odore forte di chimico e pulito, l'igiene di un'esecuzione: ogni scoria di vita precedente, ogni frammento di voce rimasta nella casa, trattenuta dalla polvere sui muri, va soffocata: battere e tirare, colpire col pennello, annegare nella colla tutto quel che, anche se invisibile, si muove.

Solo con questa morte bianca si dà resurrezione, anche se è posticcia. Perché la vita resta vita sempre, è solo vita sottostante.

60.

Casa dell'amicizia, 2017

È una stanza di pochi metri quadri, già messa in posizione per la notte. La luce è principalmente quella che arriva dai lampioni in strada, che ne macchiano l'oscurità. Il silenzio è quello di un generatore di corrente in sottofondo, nel cortile interno della palazzina – di pertinenza di una pizzeria.
Dallo sfondo si stacca il bianco dei fogli appesi alle pareti della camera. Sono disegni a pastello, rosa è il colore prevalente. C'è un'evoluzione nello stile e nei soggetti, i più recenti sono quelli di una persona che ha talento. Disegno dopo disegno, anche l'alfabeto si è addomesticato, negli ultimi compone un nome che ha già la consapevolezza di una firma.
C'è un tavolino, con una sedia spinta sotto. Sopra il tavolo, fogli di carta A4, pennarelli e matite colorate. Il resto è un letto, addossato alla parete alla destra della porta. Ha le fattezze di un letto pensato per le dimensioni di una bambina, struttura bianca in legno, sponda per evitare le cadute. Il copriletto è color panna e ha un firmamento di fatine rosa con corona. Spargono stelline tutt'intorno, sopra il letto, avvolgono il piumino in un incantesimo stellare.
Dentro il letto c'è Io, 1 metro e 88 registrato sopra il documento.
È in posizione fetale, ha le gambe flesse per riuscire a stare incorniciato. La testa è appoggiata su un paio di fatine stampate sulla federa, la polvere di stelle sparsa sui capelli.
Ha gli occhi aperti. Di fronte a sé vede la sponda. Sul pa-

vimento, una valigia aperta, la dimensione di un bagaglio a mano. Io la guarda dall'alto: è una casa isolata nella notte, un fabbricato in polipropilene col portellone sollevato. Si intuiscono colletti di camicie, calzini arrotolati, passaporto, deodorante stick, un paio di infradito tenute insieme da un elastico. E una cartellina gialla – sopra, con la grafia gentile di Moglie, a pennarello, "Documenti Io".

Un piccolo cuore in plexiglas, poggiato su una mensola, irradia una luce rosa morbida e rassicurante, più debole di quella dei lampioni in strada. Si accende autonomamente quando è buio: Io se n'è accorto spegnendo l'abat-jour e non l'ha disattivato. Ora se ne pente.

Il resto della Casa è immerso nella notte. È un appartamento che Io conosce bene, che gli è familiare per la frequentazione prolungata. Si è presentato alle nove e mezza, dopo una giornata spesa a trascinarsi dietro la valigia e a chiedersi che fare, dopo aver lasciato all'alba, e per sempre, la Casa signorile di Famiglia. Infine ha citofonato: l'hanno accolto sulla porta due adulti e una bambina, amici di Io di lunga data. Non c'è stato bisogno di dire niente, soltanto distrarre la bambina perché non capisse il suo gesto fino in fondo.

La famiglia ora è tutta raccolta nella camera da letto padronale: padre, madre e la bambina, riammessa tra i genitori dopo essere stata cacciata un anno prima. Ha lasciato a Io un libro di fatine, le stesse disegnate sopra il copriletto – per dormire meglio. Poi ha specificato che non era un regalo, era soltanto per la notte, fino alla mattina.

Agenzia delle Entrate
CATASTO FABBRICATI
Ufficio Provinciale di

Dichiarazione protocollo n. ███████ del 23 OTT. 2015
Planimetria di u.i.u. in Comune di ███████
Via ███████ civ. ███

Identificativi Catastali:
 Sezione: ███
 Foglio: ███
 Particella: ███
 Subalterno: ███

Compilata da:
███████
Iscritto all'albo:
Geometri
Prov. ███████ N. ███████

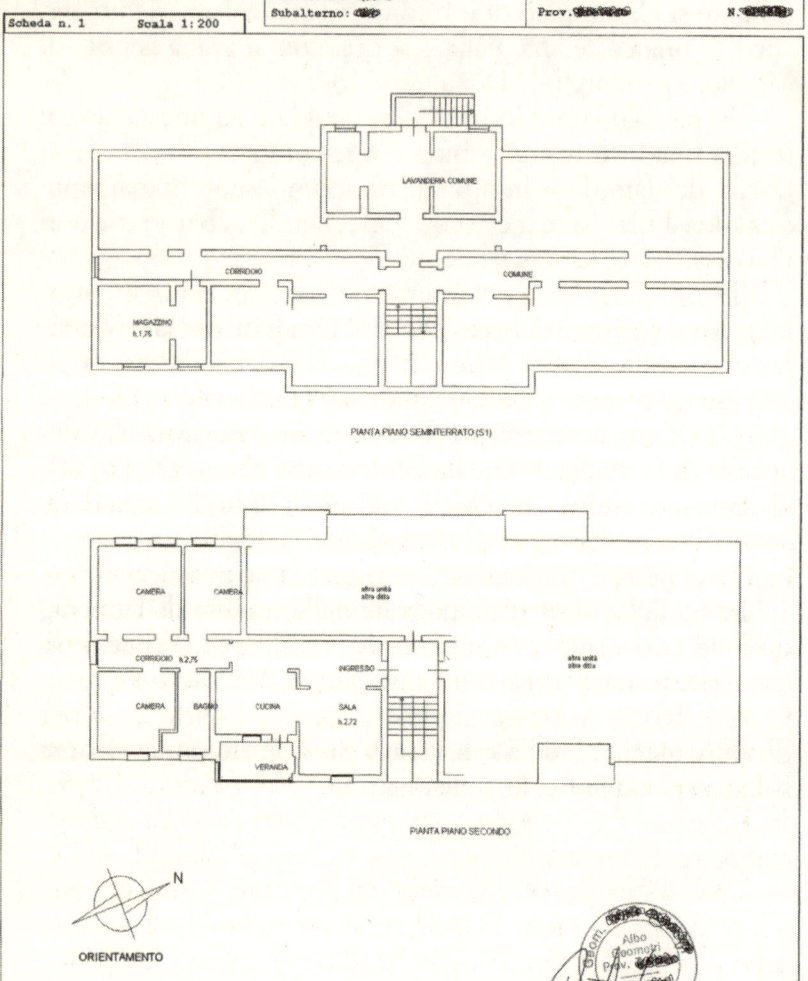

Scheda n. 1   Scala 1:200

PIANTA PIANO SEMINTERRATO (S1)

PIANTA PIANO SECONDO

ORIENTAMENTO

61.
Casa della morte di Poeta, 2010

La prospettiva è dal giardino, è la prospettiva della Morte di Poeta, spalle all'albero in cemento.
Si sente appena il mare sciabordare contro l'Idroscalo.
In linea teorica non si potrebbe entrare, vista l'ora. C'è un cartello, infatti, che specifica l'orario, ore diurne, 9-17. Ma per entrare è sufficiente aprire il moschettone, sganciare la catena e spingere le sbarre, notte e giorno.
Da dentro, si vedono, nell'ordine: la strada, i rattoppi sull'asfalto, i fabbricati improvvisati, l'impasto di lamiera, mattoni, calce, scritte sopra i muri, cazzi disegnati, scudetti già sbiaditi, innesti di svastiche e di amori scritti in rosso.

Ciò che non si vede da lì dentro è un labirinto manufatto, il dedalo dell'Idroscalo, a trecento metri di distanza. Le vie del labirinto, il cui confine estremo è il Tevere – o meglio la sua foce – sono stradine per lo più sterrate, l'asfalto è un'intenzione del passato sconfessata dal presente. Come in ogni labirinto, l'impressione è che le vie siano molte e invece è soltanto una. Prende nomi differenti solo per confondere le acque. Si chiama via degli Aliscafi, essenzialmente, anche se si può trovare scritto via della Carlinga o via dei Bastimenti.
A sagomare il labirinto, dei bassi fabbricati. Si tratta di case fatte in fretta, in cinquant'anni d'improvvisazioni: scatole saldate a quelle già esistenti, tirate su per tentativi, con la

competenza della strada, qualche azzardo, molti errori e un po' d'istinto di sopravvivenza.

Non le si chiamino baracche, perché se ne fraintenderebbe l'intenzione. Costruite le prime negli anni sessanta, stanno dentro l'atmosfera del momento: l'edilizia come resurrezione di un paese nel mattone, palazzine, balconi tutti uguali, tende per il sole.

Se altrove si verticalizza, all'Idroscalo ci si ferma al primo piano. Niente ditte costruttrici ma le nude mani e l'imperizia. Il sogno però resta quello piccolo borghese di essere protagonisti del progresso a casa propria. E dunque più che le baracche il modello è quello della casa al mare, villette a schiera tirate su alla bell'e meglio, in successione, confinanti, ma tutte diseguali. Giardinetto, pur se scalcinato, e posto macchina.

Il labirinto è costituito da 50 manufatti indipendenti, da Censimento più recente, in cui vivono 53 famiglie, 17 con figli minorenni. 153 persone sono quelle individuate, che vuol dire che poi sono sfuggite alla gabbia dell'identificazione. 94 sono le identificate, 98 residenti, 55 non lo sono. Si citino, censiti, 36 cani, 9 gatti e 1 cavallo.

Dando le spalle alla Morte di Poeta, ora si vede un fuoristrada dello Stato che passa su via dell'Idroscalo, vetri con le grate, assetto antisommossa. Dopo se ne vede un altro, sempre della polizia, seguito da tre camionette dei carabinieri. L'esercito chiude la colonna su via dell'Idroscalo. Si aggiunga il frastuono dei pneumatici su strada, della massa d'aria, dei motori. Si sommi a tutto questo un elicottero, le pale che vorticano nell'aria, sopra il labirinto, la nebbia falciata dalle eliche, lo spavento di un insetto abnorme col motore.

La Morte di Poeta, in tutto questo, resta addormentata, quello che succede è il suo sogno, il passato rimpastato, fatto bolo, masticato. Il ragno allarga la sua tela sopra l'albero in cemento, diversa geometria, ma stesso obiettivo delle camionette, l'aggressione di sorpresa. Della tartaruga non c'è traccia, una delle ipotesi è il letargo.

Arrivano infine i mezzi cingolati, lentamente. Comincia la sfilata delle scavatrici, i loro cingoli percuotono l'asfalto senza tregua. Sono goffi, dinosauri ormai meccanizzati, pachidermi con l'istinto della distruzione. Si vedono le loro teste, i loro colli alzati, pronti per scendere e colpire, spaccare superfici con i musi. Sfilano, gialli, impacciati e prepotenti, verso il labirinto.

Finita la sfilata, resta la coda del frastuono; il paesaggio, da dietro le sbarre, è sempre quello: Oriflex, fabbrica materassi e reti, 065680431.

Poco dopo, da lontano esplodono le grida: uomini e donne a mani alzate contro lo sgombero messo in atto dai dinosauri meccanizzati, dai soldati con gli scudi e con i caschi. Sono soprattutto donne, difendono con i corpi le loro abitazioni, mostrano la faccia, rivendicano una geometria diversa da quella dello Stato, il pensiero che ogni essere umano ha diritto a una casa.

Da dentro la gabbia si vede ora la parata in senso inverso. Primi sempre i primi, ultimi i pachidermi, le fauci ancora sporche di cemento, i dinosauri in piene forze grazie alla manutenzione programmata. Va considerata, questa, soltanto un'incursione, il primo avvertimento, uno sgombero dimostrativo, la prima avvisaglia nella lotta impari per il decoro – un esercito contro quattro disgraziati. Le facce di chi guida hanno occhi da fine giornata di lavoro, ma anche un lampo di soddisfazione.

La Morte di Poeta è ciò che rimane sullo sfondo, quando tutto il resto tace. La notte, appena scende sopra l'Idroscalo, restituisce il mare. Il cancello cigola di tanto in tanto, lo si sente anche dentro il labirinto ma nessuno ci fa caso. È il via vai clandestino di chi cerca un po' di pace lontano dai lampioni. Qualcuno si appoggia all'albero in cemento, a volte dopo poco si rialza, altre volte è un'overdose, e il giorno dopo viene portato via di peso, e dopo di nuovo resta poco, elegia feroce, liturgia ordinaria del degrado.

62.
Casa dello Stato, 1997

È la notte, soprattutto, che l'insensatezza prende il posto: l'occhio di Io che si apre al minimo rumore, l'eco con cui il palazzo vuoto amplifica il niente che contiene. È un niente immenso dentro cui Io è incastonato, nei pochi metri quadri di una stanza dentro un posto con un curriculum di fallimenti da vantare, prima – val la pena ricordarlo – edificio comunale, dopo scuola, dopo spazio vuoto senza più destinazione d'uso, voce di spesa da giustificare in giunta, polemiche locali, sempre prossimo ad andare in asta.

La notte a volte non finisce mai e l'inverno si accanisce; è di dodici mesi, poi ridotti a dieci, il debito maschile contratto con lo Stato all'atto di venire al mondo, ma l'impressione di Io è che questo notturno sia l'eterno. Sepolto sotto strati di coperte dentro un'ex bidelleria, in un punto marginale di un edificio ormai disabitato, una tv sopra la sedia come premio di consolazione, tre bus la mattina per prendere servizio e trascorrere la giornata davanti ai flash di una fotocopiatrice: è quanto paga per non prendere un unico treno serale e tornarsene in provincia.

La bidelleria, per Io, è però una specie di conforto, vestigia residuale della scuola, anche se della scuola Io non ricorda quasi niente, solo forse una certa sonnolenza, un tepore sudaticcio, lo schiudersi improvviso di un'equazione o di una versione di latino. Per questo, in fondo Io è contento, lì dentro, anche quando perde il senso complessivo. La sveglia lo riporterà al mondo il giorno dopo, e non la campanella, ma starà sdraiato dentro un paesaggio memoriale già codificato. Per addormentarsi scrive poesie sopra un taccuino che poi abbandona sotto il letto insieme agli occhiali e al telefonino. Se poi il sonno non arriva, se l'insensatezza prende il sopravvento, si masturba: il fiotto caldo e denso dello sperma travolge l'attività febbrile del cervello, è tabula rasa, porta dritto dentro il sogno.

A volte invece esce, come adesso. Circumnaviga il palazzo con le mani in tasca, le spalle strette se fa freddo, se è di buon umore una sigaretta o una gomma americana. Quello che vede sono solo auto parcheggiate tenute d'occhio dai lampioni. Il resto sono buche e l'asfalto stradale rattoppato, la guerra quotidiana al semiasse.

È la prima volta che entra dentro il parco, di notte d'altra parte non c'è molto da vedere. La fama del posto lo precede: al centro c'è l'edificio sterminato del vecchio manicomio, un falansterio abbandonato: porte aperte a fine anni settanta, Io non ricorda – ma l'ha visto, lo si troverebbe nella sua massa cerebrale – il giornale su cui stavano insieme il corpo di Prigioniero assassinato e tutti i matti d'Italia liberati.

Alle quattro del mattino l'edificio è come uno sprofondo, Io gli passa accanto senza pensare ad altro che non sia il sonno che gli manca. Quattro ore e ci sarà la prima luce. Costeggia quel monumento al crepaccio della psiche con dietro solo lo strascico del fumo, davanti la nuvola del fiato. La neve, nel prato, è livida e lucente sotto il disco pieno della luna. Gli alberi aspettano pazienti che il caldo in primavera li rivesta. Le pozzanghere sono pellicole di ghiaccio che Io circumnaviga d'istinto.

Non c'è molto da dire, se non che Io si considera felice, dentro quella solitudine speciale. Si abbassa il cappello di lana sulla fronte, guarda la propria ombra, di lato, scortarlo e raggiungere l'uscita. Sa che la caffettiera elettrica, tra poco, farà quello che non ha potuto il freddo contro il sonno. Tirerà le coperte sopra il letto e gli parrà di essere diventato uomo. Poi appunterà ancora qualche verso dentro il taccuino, si crederà poeta.

(Non vedrà, lasciando il parco, quella porzione minima di manicomio che ogni notte resta illuminata, quella manciata di finestre assicurate con un'inferriata. L'ha costeggiato, ma non ha voltato il capo. L'ha anche visto, probabilmente, ma era disattento, per cui se ne ricorderà forse di soprassalto in una delle notti del futuro e se ne chiederà ragione. Aveva le cuffie nelle orecchie – una qualche ninna nanna rock, chitarra e voce – per cui non ha sentito le grida che da dentro si sprigionavano nel parco.
Io non li ha visti, ma c'erano due volti che da lì dietro lo guardavano passare. Alle loro spalle il bianco di barelle e letti d'ospedale, l'odore aspro dei medicinali, i camici di un paio di infermieri che li hanno presi entrambi sottobraccio e ricondotti verso i letti; per poi addormentarli con un ago spinto in vena. Le loro urla lancinanti – come animali dentro la tagliola – si sono così spente e hanno lasciato il parco al vento sulla neve.
Ma Io era già al portone, infilava la chiave nella toppa sbadigliando. I netturbini cominciavano a svuotare cassonetti, le prime auto costeggiavano il parco dirette all'imbocco della tangenziale.
In poche ore il rumore proteggerà le orecchie della gente dalle grida provenienti da quell'angolo di parco, dalle bocche di quei residuati della liberazione – liberati da trent'anni ma rimasti lì in mancanza di parenti, presi in carico, tenuti in vita e sedati dallo Stato. Il parco giochi dei bambini – a tutela, sta scritto, delle giovani generazioni – è stato costruito nella zona retrostante, a distanza sufficiente.)

63.
Casa signorile di Famiglia, 2017

L'abitacolo dell'ascensore è trasparente, ma è la scatola nera del palazzo della Casa di Famiglia versione signorile. Solo apparentemente questo oggetto d'epoca è un dispositivo di controllo, una scatola panottica che consente, scorrendo su e giù, la visione di ogni ingresso nelle case. In realtà è uno spazio di nudità assoluta: chiunque, in piedi per le scale, appoggiato al corrimano, vede ogni dettaglio, in verticale, di chi scende e di chi sale: la postura, lo sguardo al cellulare, il capello sporco, il dito che raspa nell'orecchio, il cane che rosicchia la punta della scarpa, l'insofferenza palese di due esseri umani costretti nello stesso metro quadro. Pensandosi protetti dalle regole teatrali, dallo spazio chiuso, i condomini, semicoscienti, sono in piena esposizione. Sfilano lungo la colonna vertebrale al centro di un esperimento.

È, quindi, un panopticon rovesciato: non è chi sta dentro che controlla chi soggiorna nelle case, ma è chi sta fuori, in piedi sui gradini, a dominare con lo sguardo. È ciò che stabilisce il ruolo sociale – centrale, di spicco si potrebbe dire – della portinaia nell'organigramma condominiale. L'ascensore è lo strumento concreto con cui lei afferma il suo potere. È lei che ne gestisce la manutenzione, lei sola che allerta all'occorrenza la ditta specializzata, lei che dal piano terra o da un qualsiasi punto della scala, comunica coi tecnici in piedi sopra la cabina ferma tra due piani. Li sovrasta, solitamente perentoria, mentre loro, scarpe antinfortunio e borsa degli attrezzi, si chinano sui ganci, verificano i contatti della centralina, e se ne stanno lì sospesi nel vuoto, in equilibrio sulla schiena di un animale – i cui organi sono un motore e un contrappeso – che si rifiuta di volare.

Non è un caso, infine, che sia la portinaia a provvedere alla pulizia della cabina. Lo fa a cadenza settimanale, come il resto della scala. Si concentra, come è naturale, sui vetri, che da soli costituiscono l'80 % di tutto l'ascensore, il resto essendo legno di pregio. Il vetro va pulito, va scongiurato ogni spazio opaco che possa impedirle la vista di ciò che avviene dentro. Potrebbe essere uno strumento di vendetta di classe, il dominio della classe subalterna sui signori, ma è solo il suo occhio stipendiato, che riferisce tutto ciò che è funzionale.

È un fatto però che quell'abitacolo, che ora scivola frenato in verticale, contiene – espresso in fiato, in molecole, in silenzio – ogni dettaglio di ciò che ha portato alla fine di un amore. Negli anni ha visto Io salire solo, insieme a Moglie o inscatolato con Famiglia. Li ha visti conversare in mezzo alle borse della spesa, appoggiarsi sfiniti contro il vetro, rilasciare rancori a denti stretti o prendersi le mani per istinto. Ha visto Moglie passare le dita tra i capelli di Io dopo un temporale, Bambina sedersi sopra il pavimento, tutti e tre presentarsi ad altri, senza mani per limiti di spazio. Ha visto Io e Bambina parlarsi tanto all'inizio, poi dirsi sempre meno. Li ha visti prima tutti sempre insieme, poi progressivamente Io più solo a ogni discesa, e Moglie di nuovo con Bambina. Una sera tardi ha visto Io con un cuscino scivolare verso il basso e una porta che gli sbatteva dietro, e poi Io risalire il giorno dopo in pieno giorno, il cuscino nascosto in una borsa.

E l'ascensore quello che conosce più di quel che è dato di dire e di sapere, sul perché un amore finisce, sul perché è finito in questo istante, su cosa succede, come mai un giorno un ramo si spezza e una famiglia di colpo cade giù. Conosce il segreto, anche se non lo saprebbe dire, perché non ha parole, ha solo un accumulo di strati. Ma lo si potrebbe cercare adesso, nei fori che i tarli hanno fatto dentro il legno, adesso che la cabina è ferma al piano terra e butta luce sull'androne, denso solo del poco delle cinque del mattino. Un minuto dopo che Io è sceso con la sua valigia con le ruote, a notte fonda, il nodo in gola, i tiranti che hanno rallentato la discesa evitando la caduta. Un minuto dopo che, scivolando verso il suolo, Io ha incontrato a mezza via il contrappeso che tornava indietro al posto suo.

64.

Casa del sottosuolo / Succursale al mare, 1992

Il quadro generale resta quello della villeggiatura. Ovvero una vita finzionale, la vita espunta del lavoro. O anche: la vita in versione più semplificata, per umani, senza le ubbie del cervello. (Le istruzioni sono semplici: chiudere la casa in cui arrivano i bollettini delle tasse e trasferirsi dentro un'altra abitazione, uguale ma devitalizzata, che non fa sorprese, che esclude lo Stato, in cui non telefona nessuno, e tramutarsi in individui dediti all'ingrasso, 20% divi del cinema, 80% pensionati a tempo.)
Lo scenario si sostanzia di fatto in persone al parapetto in canottiera colorata, in bikini o a torso nudo, paonazzi i primi giorni poi abbronzati – e in refoli di carbonella e poi di barbecue che si intrecciano a mezz'aria. I balconi in questione, nella fattispecie, affacciano sul giardino della Casa del sottosuolo / Succursale estiva, orgoglio e debito di Nonna già descritto in precedenza, vita finzionale anch'essa ma ogni tanto del genere giallo dell'estate: urla nella notte, oggetti contundenti ad alzo zero, Padre che con un'accetta da cucina tenta invano di distruggere una canoa in policarbonato e dopo la brandisce in faccia a Io, adolescente incosciente e spaventato dalla lama – con coro tragico e ululato di Nonna che urla "Basta!" barcollando con le mani alzate, e Madre che al solito non dice niente, espettora una specie di piangere meccanico e lascia che succeda quel che deve, offre il figlio in sacrificio a suo marito perché Padre le voglia ancora bene –, o

ancora Padre che colpisce al viso Io, ripetutamente, a pugno nudo, con un uno-due persino compiaciuto, un revival del suo machismo da ragazzo, e poi lo immobilizza con il proprio peso, le ginocchia sulle braccia, Io steso sopra il prato senza aver capito bene cosa è stato, con una voce circostante – un elemento del coro, solitario, su un balcone – che protesta, dice "Lascialo stare, è solo un ragazzo!". A trecento metri il mare prosegue nel suo andirivieni indolente di schiuma e di telline.

Detto altrimenti, quei balconi e quei terrazzi sono gli ordini di palchi – sono a tre piani, di norma, gli edifici circostanti – e i loggioni da cui i villeggianti assistono al teatro. I primi giorni divertiti, poi col fastidio di chi aveva pagato per uno spettacolo diverso. Da cui le lamentele con il proprietario – non era questo il patto – e gli affacci sempre più rari sul balcone, di schiena al parapetto, i commenti a mezza voce, qualche sigaretta fumata alla veloce.

Ma c'è anche il sollievo – imprevisto, insperato, e per questo più rigenerante – che a volte restituisce la villeggiatura ai villeggianti affacciati sul giardino. Succede adesso, ed è successo già altre volte: Padre carica l'auto prima della fine dell'estate, sistemando le valigie dentro il bagagliaio con geometrico rancore, e poi partendo quasi senza salutare.

Di solito tutto questo avviene la mattina presto. Qualche ora dopo in giardino appare Nonna. Si siede su una sedia, lo sfinimento ebete della sconfitta, una forma ammaccata di pacificazione. Il che è comunque uno spettacolo migliore, visto dai balconi, è il silenzio che prelude alla chiusura del sipario. Poi verrà settembre, come tutti gli anni.

65.

Casa del gasometro, 2020

Il tavolo è l'elemento di arredo principale. È in cucina, è il perno attorno a cui ruota il resto della stanza; è per certi versi inevitabile, bisogna giocoforza star seduti. Un tappeto e una poltrona, posizionati non lontani, autorizzano a spendere il termine "soggiorno".

Seduti al tavolo, quello che si apre oltre il vetro delle due finestre è Roma. Partendo dal panorama e tornando verso casa: la mitezza dei colli sabini, l'Aventino, il Tevere e poi la palazzina, espressione in purezza dell'edilizia anni settanta, ottimizzazione dello spazio, volume diviso per alloggi. Sulla destra la griglia monumentale del Gasometro, il nuovo Colosseo industriale. Sfinito, inattivo, divorato dalla ruggine – che ne fa il colore –, è buono per le foto: è un corpo morto che non rovina il paesaggio sullo sfondo, è il nuovo simbolo di Roma.

Alla sua sinistra, per lo più non visti, ci sono alcuni esemplari della stessa specie: tre piccoli gasometri, di cui sopravvissuto e funzionante solamente uno, ignorato come gli altri. Ad ogni modo non si vede il fuoco al centro. Il fuoco più vicino, in questo istante, è quello azzurrino acceso sul fornello, alle spalle di Io, e dunque dietro il tavolo. Sopra c'è una caffettiera di modeste dimensioni che gorgoglia; anche quel fuoco in questo istante viene spento.

Il resto dell'appartamento è solo un'altra camera, la cui

porta adesso è chiusa. Le due stanze sono collegate da un rettilineo sottile e piastrellato.

Io è seduto, il computer portatile aperto, le mani sopra la tastiera e accanto la tazzina, un bicchiere e una caraffa piena d'acqua. Né la tazzina né il bicchiere né la caraffa né il tavolo né la sedia gli appartengono: la Casa del gasometro è un appartamento ammobiliato.

All'anulare della mano sinistra, il solco scavato dalla fede si è rimarginato, ormai è solo memoria corporale.

Per la prima volta, Io sperimenta l'ebbrezza del non possedere niente, la zavorra del mobilio abbandonata al suo destino. La Casa del gasometro è dunque solo il suo fondale. Lasciata a terra la zavorra di ciò di cui era proprietario, Io è volato: la casa si trova all'ottavo piano, l'ultimo prima del cielo – in realtà già del tutto cielo per chi guarda dalla strada.

Sulla sua terrazza, i gabbiani tirano il fiato poi si rituffano nell'aria.

Aprire la finestra o tenerla chiusa, in queste settimane cambia poco. Io di tanto in tanto fa una prova, tira la maniglia e insieme l'anta, abbatte la soglia che divide fuori e dentro. Ma il silenzio è silenzio anche sul balcone: l'esterno è uguale all'interno meno il frigo, che in cucina si sente soprattutto quando tace, come una specie di sollievo. Eppure fuori il sollievo è un panorama spaventato, Roma è un fermo immagine apparente, le strade sono strade e sono vuote, gli edifici sono spazio solidificato, il silenzio è in cemento armato – tranne il vento che spunta gli angoli alle case, appena sibilando.

Roma dunque è sempre Roma, ma senza corpi per le strade, è perfetta per le foto dai balconi, dove sta asserragliata la cittadinanza. Ma nessuno vuole farle, le foto, la bellezza senza uomini spaventa, svela la sua natura di invenzione e di commercio, il suo nesso col capitalismo: se non c'è nulla da vendere c'è poco da guardare. Anche la primavera fa male, le facce sui balconi sono smorfie, le labbra corrucciate, le infiorescenze hanno qualcosa di sordido, sono organi sessuali sovraesposti, sventagliati: anche il cielo è blu ma inutilmente, la natura fisica del colore ha cauterizzato l'emozione.

Per questo Io preferisce stare dentro. Quando apre la finestra, ogni mattina, lo fa per abitudine principalmente. Guarda sempre il Gasometro, la catena collinare, ma negli occhi non gli resta niente, ha smesso di fare la punta alla voglia di vedere. Apre la finestra, quasi per mortificare la speranza. Però poi il glicine l'assale, l'olfatto buca anche la profezia più disgraziata, gonfio com'è di vita già vissuta, di ricordo: gli offre il passato come scenario ideale, scorporato di ogni sua amarezza, la vita quando si poteva dire tale.

Io guarda il fiore bianco, prende la pompa e bagna i fiori perché così è scritto nel contratto tra locatore e locatario, importo ribassato ma cura delle piante – è un patto chiaro che lo esonera dall'umiliazione di parlare ai vegetali, di farsi sentimentale con le piante. Annaffia a giorni alterni in questo aprile, dovrà farlo tutti i giorni quando le temperature si alzeranno, arriverà l'estate, se, come dicono i giornali, le persone torneranno a uscire. Se, cioè, si tornerà a morire di morte varia, e non solo dell'unica che ammazza, della morte ufficiale di quest'anno, la morte per troppa vicinanza.

Seduto al tavolo in cucina, Io ora fissa lo schermo del computer senza digitare, le dita sollevate sopra la tastiera, pronte a colpire con un gesto secco, con una percussione. Ha chiaro soltanto che scrive con il senso della fine.

I gabbiani, volando, rasentano il balcone; cercano il mare, per un errore veniale della percezione; dovrebbero volare ancora qualche decina di chilometri ma non lo fanno, spalancano il becco contro la cima dei palazzi, si avventano sui sacchi neri lasciati in strada accanto ai cassonetti – unica operazione concessa dal Decreto, la boccata d'aria insieme ai resti, guardare Roma accanto ai residuati del consumo e, al primo caldo, della putrefazione.

Da sotto il pavimento, nell'appartamento sottostante, salgono due voci. Sono un vibrato sotto i piedi. Una delle voci arriva dalla prima infanzia. Sono parte della stereofonia di queste settimane, le famiglie sigillate, le corde vocali di un intero condominio che vibrano estenuate.

Io abbassa il coperchio del monitor sopra la tastiera e si stropiccia gli occhi come uscisse da un sonno prolungato. Inconclusa, sotto, c'è una frase appena scritta, "Pensa che la vita sia un bel posto, nonostante". La cancellerà, probabilmente, appena si rimetterà sul testo.

La voce infantile al piano di sotto ora batte sopra un suono: ripete "io" continuamente, senza dare tregua, spaccando le due sillabe, "i-o", "i-o", "i-o". Gli si aggiunge una voce femminile, che adesso dice "tu". Io scrive "Io", distrattamente, come sotto dettatura. Si sente la corsa del bambino che grida il pronome personale. Io si alza, si avvicina alla finestra, batte le nocche sopra il vetro, cerca l'attenzione di un gabbiano, se si voltasse gli indicherebbe il mare, in fondo, vicino Fiumicino, si è fermato troppo presto.

66.
Casa rossa con le ruote, 1978

Il portellone è aperto sulla strada, il corpo di Prigioniero è raccolto e ben vestito. È in quel poco spazio di lamiera, che arriva Io a quattro zampe. Il tunnel è quello che collega il rettangolo di luce del televisore nella Casa del sottosuolo e la lamiera di questa Renault 4.

È così che Io ha attraversato Roma immerso in una lava abbacinante, sospinto da flutti incandescenti, spiaggiato di colpo dentro la Casa rossa con le ruote. Lì dentro ha gattonato con il pannolino, ha guardato da vicino ogni centimetro di corpo di Prigioniero, gli occhi chiusi, il nodo alla cravatta.

Ha visto com'era fatta quella casa estrema, la panchetta, l'infilata di finestre, la lucina accesa, le portiere aperte sulla strada; ha visto, se ne può stare certi, le facce che, da fuori, rovesciavano dentro sguardi sbalorditi.

Qualcuno, chinato, forse ha visto Io; qualcun altro l'ha visto comparire nel rettangolo del televisore a casa propria. La maggior parte, però, non si è accorta di niente, né si è accorta della colata di luce che si portava via i figli di tutta la nazione.

C'era troppo rumore perché ci fosse qualcosa da sentire: sirene, grida, un elicottero che faceva a pezzi il cielo sovrastante.

Io stesso non ha sentito niente, pur essendo lì. Né ha sentito il rumore dell'acqua della fontana, a cinquanta metri dalla Casa rossa con le ruote. Sarebbe bastato fare qualche passo, quanto meno per vederla.

È al centro di una piazza: ci sono efebi, anfore e delfini. In cima, quattro tartarughe alzate in volo si librano sull'acqua cercando il cielo tra i palazzi.

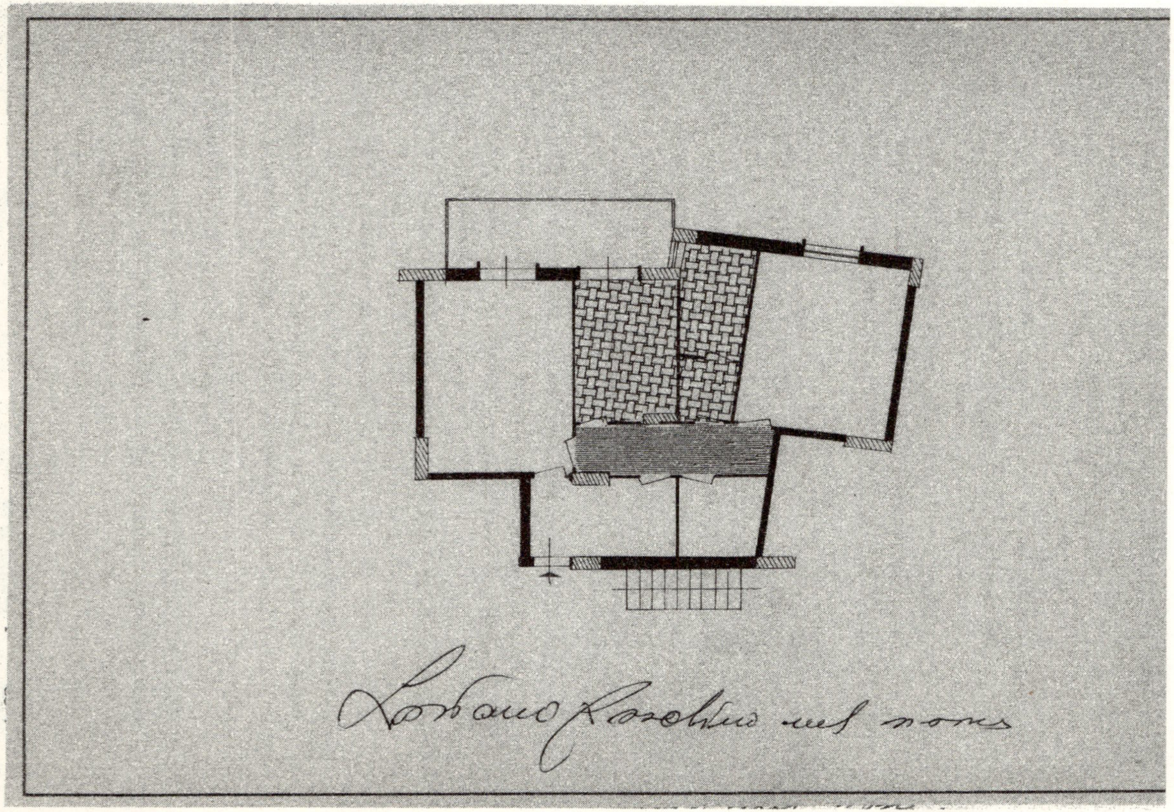

67.
Casa del sottosuolo, 1975

Tra i primi ricordi di Io c'è la faccia di Sorella. Non arriva subito, né Io la mette a fuoco. L'inizio è un indistinto, odori soprattutto, la prima esperienza delle cose è un viluppo sensoriale. E ombre: il mondo è un'unica massa deformata che si staglia contro il bianco, la luce è la rete in cui è precipitato Io.

Cadendo dentro il mondo, Io ha cominciato a staccare tutte le ombre dall'albero di luce che ha trovato; ogni giorno ne ha messa qualcuna nella sporta delle cose; poi l'ha dimenticata.

Ma non ha dimenticato la faccia di Sorella quando è entrato in casa.

Più che una faccia, in realtà, è un urlo che arriva dal centro della terra, quando vede Io per la prima volta. Io è un fagotto ancora caldo, eppure è l'ordigno che fa saltare in aria il regno di Sorella: non era previsto, nel contratto con la vita, che il mondo non fosse solo suo.

Io è la paura più profonda di Sorella; e come ogni paura proviene dal fondo della specie. In un istante risale milioni d'anni e di cortecce cerebrali, scala ossa, s'infila nelle vene, per poi sbucare come acqua dalla roccia nel presente, affacciarsi, dentro l'ultima pupilla dilatata.

L'apocalisse, per Sorella, ha le spoglie di un neonato quasi cieco.

68.
Casa dell'adulterio / Succursale, 1995

La casa ha una succursale fuori mano, lontano dal centro cittadino. È in mezzo alla campagna anche se ufficialmente non esiste. Sta cioè nel faldone catastale dei segreti, dei beni non tracciati dai contratti, del passaggio di denaro sotto banco, e dunque dell'anonimato.

Sempre provincia, dove tutto in fondo è quasi uguale.

Che sia visibile all'occhio di chi transita per strada, che dentro al loro sguardo ci sia un ragazzo – Io – che vi entra, e che ci sia una donna con la fede al dito che parcheggia l'auto lì davanti e dopo poche ore scompare nuovamente nel paesaggio, non muta la natura inesistente della casa.

La succursale della Casa dell'adulterio è dunque di fatto una chiave nascosta sotto un masso dalla forma quasi cubica, ma non ortogonale – la gentilezza dei suoi tratti è frutto di erosione naturale. Il masso è appoggiato sopra un muretto a secco, ne è a suo modo un'escrescenza. Spostato il masso, estratta la chiave, si può entrare.

La chiave è ciò che fa esistere la casa per Io e per Donna con la fede. Il primo apre la porta, alla seconda basta fare un passo avanti. Chiusa la porta, la casa ha una fisiologia precisa che si mette in movimento. Vi si ride, vi si piange e vi si fa l'amore.

Il fatto che non sia nelle mappe percettive – per Marito di Donna con la fede, e per Padre e Madre – non significa ovviamente che non sia localizzata, ma è localizzata sul mappamondo dei segreti. Quando Io è lì dentro, per Madre e Padre è in un'aula universitaria a fare ciò che deve fare; per Marito, Donna con la fede è a fare la spesa grande – quella settimanale, cofano pieno e convenienza.

La succursale della Casa dell'adulterio è prima di tutto uno spazio finzionale: è dove Io ventenne mette in scena il canovaccio di una vita adulta.

L'amore è ciò che gliene dà l'accesso. Si sbaglierebbe però a leggere il sesso in corso come una prestazione solo di gonadi e endorfine, di gioventù affondata dentro il corpo di una donna sposata. Non è questo il motore che lo muove alla relazione clandestina, né forse ciò che muove la donna a sfidare cattolicesimo e famiglia.

La succursale della Casa dell'adulterio è piuttosto l'evidenza del contrario: è il fondale perfetto, per Io, per un assaggio di vita adulta un po' stereotipata, borghese, in età universitaria. Far famiglia, avere una casa di cui avere cura, legna da tagliare, il muro a secco da tirare su, piccoli lavori di restauro e muratura, far fronte alle perdite d'acqua, l'umidità sul muro, la grondaia da deviare verso lo scolo comunale. Tutto ovviamente fatto male ma funzionante per un tempo breve, forse medio, sufficiente però a tenere in piedi la finzione di un marito perfetto, modello di efficienza.

Nella finzione, nel teatro in mattoni diseguali, sovrapposti alla bell'e meglio, Donna con la fede interpreta il ruolo della moglie – del resto è referenziata in quanto iscritta nei registri dello Stato e della Chiesa. Quando arriva, apre la porta e sa come sistemare i dettagli di una casa. Di fatto, entra moglie e resta tale, solo in versione un po' aggiornata, mezz'ora di immaginazione, come potrebbe essere la vita se solo non fosse quel che è.

Il sesso certo ha la sua parte, e forse gli assalti di un ventenne (prospettiva di Donna con la fede) o l'arte amatoria già rodata (prospettiva di Io) giocano un ruolo dirimente. Ma è più il dopo l'amore, quel che conta, quel posticcio gioco di famiglia, fare spazio in frigo, il detersivo per i piatti, sistemare la panca, sedercisi a parlare dando il futuro per scontato, anche se non ci sarà.

La fine è sempre uguale, ed è la porta chiusa, la chiave sotto il sasso. La casa torna a essere un rudere in paese che non merita descrizione e non la vuole, per privacy o rispetto.

Io sale in macchina – questo è il finale prevalente – di Donna con la fede. Si mette lui al volante perché la finzione resti tale fino all'ultimo momento, e si conduce sulla provinciale con lei seduta accanto che sistema la propria vita ufficiale nella borsa. Poco prima di raggiungere l'imbocco accosta l'auto, e Donna con la fede passa al volante, scivolando dall'interno sul sedile. Io sfila il borsone universitario dal cofano e saluta sobriamente.

Il resto è poco o niente, è la fine del teatro. C'è un ragazzo che cammina sulla provinciale con una borsa da trasferta un po' sformata; fa qualche passo di spalle, camminando all'indietro e con il pollice alzato per chiedere un passaggio. Qualche volta gli riesce e corre verso la macchina, più avanti, che lo aspetta con la freccia e il finestrino giù; salta dentro, se la cava con quattro frasi da ragazzo, scende alla stazione usando di nuovo il pollice alzato ma per ringraziare.

La succursale della Casa dell'adulterio resta lì, c'è poco da dire e lo dicono i paesani; in ogni caso si risolve tutto in due battute quando li vedono passare; anche meno – uno sguardo con una malizia stanca, iterata ma pensando ad altro. Il teatro ora è chiuso, difficile dire fino a quando.

69.

Casa dell'adolescenza che ritorna, 2014

Se il contesto, le persone e la disposizione dei corpi nello spazio fossero ciò che di un posto fa una casa, saremmo nella Casa del sottosuolo / Succursale al mare. Ovvero lì dove un'incannucciata divide il mondo in classi, Io sta sulla soglia, e dopo la sorpassa col pallone, alle spalle lo stabilimento balneare, oltre il divisorio l'estetica prosaica dei locali, e tra i locali alcuni che giocano con Io il tardo pomeriggio e dopo se ne vanno. Accanto, sempre uguale, con variazioni minime o vivaci, lo sciabordare del Tirreno.

Solo che il ragazzo, di cui Io sa solo il soprannome, non ha più capelli in testa, ha un pizzo brizzolato, e a dividerli c'è un desk all'ingresso di un albergo londinese. L'albergo sono di fatto tappeti che accompagnano al bancone, quadri appesi, lusso moderato con un gusto per le luci. Un albergo uguale a tanti, ma in variante inglese. Del ragazzo si dica che l'aquila sul collo resta quella, Io se la ricorda, ma ora vola in un cielo assai diverso: il completo e la camicia bianca da cui appunto fuoriesce l'ala. Chiudono il quadro una montatura degli occhiali circolare, da qualche anno fuori moda, e una specie di mitezza che assomiglia piuttosto a una rabbia logorata.

La targhetta sul petto finalmente dice il nome, che Io non riconosce. Come del resto non riconoscerebbe lui, se non si palesasse, dopo una breve pantomima, registrando cioè prima il passaporto, rispondendo a Io in inglese, dicendo che ha il fax dell'Ambasciata, è tutto già pagato, e benvenuto, qui c'è la mappa della City, ci chiami a qualsiasi ora del giorno e della notte – e poi di colpo, con una risata che toglie il vestito al sussiego e all'aziendalese precedente, "Sto fijo de 'na mignotta!" ripetuto tre volte guardando Io incredulo negli occhi.

Che fuori ci sia Londra è indifferente, che sia già notte, tutto si dissolve in quella frase e in una specie di disagio – Io non sa che fare, se passare oltre il desk o aspettare – e poi infine l'abbraccio, sporgendosi dai due versanti del bancone, e la promessa di scendere a salutarlo prima di dormire. Quindi il trolley in ascensore, la stanza al terzo piano, la mancia al concierge senegalese. E quella sensazione di disagio, disteso sul letto, di essere indifeso, troppo esposto, l'esatto opposto della protezione perfetta degli hotel, del loro essere ambasciata, del lusso, benedetto, di una casa igienizzata da se stessi.

Io prova con la doccia, e dopo si distende un'altra volta, solo con l'asciugamano: osserva distratto la mappa cittadina. Lo punge la sensazione, feroce, di essere scrutato dalla propria adolescenza, il movimento contrario rispetto a ciò che è naturale. La vita in contropiede lo guarda da sotto, dalla hall, senza lasciargli la via di fuga della versione di se stesso messa a punto con il tempo, senza testimoni.

Bisognerebbe poi dire di quello che succede nottetempo, Io dietro al bancone, la sedia che lo aspettava preparata dall'Aquila al suo fianco, ogni tanto un battere di mano sulla spalla per ribadire la sorpresa. E poi il programma della gestione delle partenze e degli arrivi – una tabella con campi colorati – spiegato con il nodo allentato alla cravatta e una specie di fierezza, le promozioni, il plauso del suo principale, e ancora le donne, poca cosa, come allora, dei due fratelli lui era quello che si voleva solo come amico.

E poi quella discesa, d'un tratto, nell'inferno di provincia, quello che dal litorale non si vede: il racket della droga, l'officina sotto scacco della mala, riparazioni pagate con pasticche o con bustine, e suo fratello – quello bello, che si scopava anche la borsa della spesa – trovato in macchina in garage, grigio in viso, un tubo dalla marmitta al finestrino e un biglietto sul cruscotto con su scritto "È tutta colpa di papà", e l'aggiunta, scritta male, "La vita è una merda". E quel biglietto tenuto in tasca per mesi senza sapere cosa farci, senza poterlo mostrare ai genitori, salvo poi strappare la parte sotto, quella per così dire generale. E poi la fuga – o andarsene o diventare peggio di loro, se era vero quel che c'era scritto – e infine l'Inghilterra, che Dio la benedica, "Guarda qua", dice indicandosi il vestito. "E tu?" gli domanda a bruciapelo dopo aver finito. E Io non sa che dire, dopo tutto questo, resta zitto. Poi alza l'anulare, con goffissima fierezza, dice "E io mi sono sposato".

L'Aquila sorride, dice "Bravo", mentre insieme vanno fuori a tiro di bancone, il tempo di una sigaretta mal fumata, Londra mangiata via dalla luce di un lampione. E ancora una telefonata, un'ora dopo, da hotel a hotel, in piena notte, chi risponde è un'altra voce di ex ragazzo, l'Aquila gli passa Io, l'altra voce parla allegra da un albergo di Edimburgo, al di là dell'incannucciata, dice "Stavi dalla parte giusta, e ce sei restato, noi stamo sempre qua ma ce se sta bene". L'Aquila è felice, rimette il telefonino nella tasca interna della giacca.

E dopo arriva l'alba, finalmente, con un chiarore che lascia le cose come stanno ma le rimette in movimento. Io si alza dalla sedia, come dopo mille anni, la schiena a pezzi, le palpebre infiammate. Intanto cominciano a pulire, si affacciano al bancone, l'Aquila saluta, presenta a tutti Io, dice che è di Roma, e intanto si risistema il nodo per l'arrivo, a momenti, del padrone. Poi raccomanda a Io di andare a fare colazione, Io risponde che è ancora troppo presto. L'Aquila allora solleva la cornetta, digita su un tasto e dopo poco parla, e mentre parla fa l'occhiolino a Io con un sorriso stanco, dice "A close friend", poi rimette giù. "Bussa che te danno da magna', io tra mezz'ora stacco e vado a casa." E quando Io sparisce in ascensore rimette la sua sedia dove stava.

70.
Casa della legge, 2018

La Casa della legge va scorporata da tutto ciò che la sovrasta.

Non si esaurisce però nella propria cubatura: scorporarla è bene, ma è inevitabile tenere a mente tutto il resto, mantenerla incastonata dentro il volume cui appartiene. La Casa della legge è la cella minima dentro l'arnia di un austero tribunale. Dall'alto, sorvolando il centro di Torino – le Alpi sempre in vista, puntate verso il cielo –, il blocco architettonico è compatto e smisurato.

Esula dalla logica dell'edilizia, non tanto per quel che di incorporeo contiene di per sé la legge – per il suo tasso di burocrazia e potere, cioè, per il tutto e niente di carte e incartamenti, per l'artrosi del linguaggio, per il lessico assemblato in formule stampate, per l'effetto anfetaminico di sentenze lette con voce monocorde, post umana –, ma proprio per la sua apparenza volumetrica.

Per localizzarlo, si dica che è a nord ovest del centro cittadino, ma in un certo senso senza soluzione di continuità. È parte inscindibile, seppure sembri un corpo precipitato dallo spazio, del tessuto metropolitano. È lì che la Casa di Famiglia trasloca per poi dissolversi per sempre.

Si inseriscano ora due corpi nello spazio, quelli di Io e di Moglie, in piedi, l'uno accanto all'altra. Per ora non si fornisca descrizione né degli interni, né si dia conto di altre presenze dentro la Casa della legge.

Si pensi invece al peso dello spazio in cui Io e Moglie stanno verticali e giustapposti. Si calcoli uno stanzone di 9x12 m. Si pensi a un'altezza non inferiore ai 5 m. Si calcoli ora la cubatura complessiva della Casa della legge. Si proceda – per pedanteria ingegneristica – aggiungendo soffitto e pavimento. Si arrivi al totale, la cui entità corrisponde a 136.400 kg, 136 tonnellate. È sotto quel peso che Io e Moglie stanno in piedi. Aggiungere i rispettivi pesi corporei – gli 82 kg di un Io un poco sottopeso, i 53 di Moglie – cambia il risultato solo in misura decimale.

In rapporto a tutto ciò, il resto – la sentenza – ha la sostanza di una piuma. Avviene senza movimenti, in uno spazio che è sostanzialmente vuoto. Si aggiungano, per completare il quadro, due finestroni, sul lato destro della stanza: verticali, 2x1,5 m, i doppi vetri e le tende a tenere segreto ciò che per legge in quella stanza si dispone.

Si visualizzino tre file di sedie, seduta sobria, schienale ortogonale, di quello standard che si pone come obiettivo primo lo sfilarsi molto in fretta dal ricordo. Sulle sedie nessuno si siede – nessuno ci è seduto adesso – ma non sembra una mancanza: sembra piuttosto il pubblico perfetto, ciò per cui è concepita la macchina legale: lo sguardo fermo, bovino, di un oggetto in serie.

L'ultimo dettaglio è un tavolo, parallelo all'ultima parete. Le due persone che vi sono sedute ne occupano una porzione limitata. Ma non è la proporzione quello che colpisce. Sono piuttosto l'abbigliamento e l'abbronzatura, entrambi estivi. La loro postura individua una chiara gerarchia: l'uomo dispone e firma tutto distrattamente, la ragazza che gli sta accanto è la cancelliera, indica lo spazio della firma e sa cosa succede.

Infine ci sono Moglie e Io, in piedi in mezzo al guado tra la prima fila di sedie e il tavolo ufficiale. Il tentativo di Io di sedersi, di infondere retorica alla scena, è soffocato dal gesto dell'uomo brizzolato in magliettina che ratifica la legge: la sua mano è sbrigativa, dice inequivocabilmente "Restate pure in piedi".

Il resto è una lettura stanca, travolta dalla noia accumulata dall'estate, la conferma che Io sia Io e che Moglie sia Moglie per davvero, con rispettivi codici fiscali, data e luogo di nascita, residenza. Il denaro trasferito è nominato senza enfasi, la cifra diventa inconsistente dentro quella scena, accanto ai finestroni, nel vuoto generale.

(Si potrebbe dire di più, di Io e di Moglie, di come sono vestiti, delle loro facce, dello spazio tra le loro braccia quando stanno in piedi, verticali. E della tensione che dalle loro ossa preme verso fuori, che si traduce in un'irritazione, nel rovescio esatto di una confidenza. Si potrebbe dire degli automatismi delle loro mani, che hanno imparato per anni a cercarsi per istinto, e ora sono tenute a bada dal cervello – che ricorda che ciò che è stato è stato e non ritorna. Si potrebbe dire della sconfitta loro e dell'estate.

Ma si guardino piuttosto le loro schiene uscire dalla stanza preposta alle ratifiche dei fallimenti coniugali destinati alla vita muta dei faldoni. Le si veda raggiungere la fine nell'indifferenza generale, gli occhi vacui sopra i fascicoli impilati di fronte ai funzionari. Si sentano i passi e il niente sudaticcio della noia della macchina statale, alle loro spalle. Si guardino le due schiene almeno da dentro questa frase, per il tempo che concede.)

71.

Ultima casa di Poeta, 1975

Non serve pensare ai dettagli della pianta, all'articolazione degli spazi dell'Ultima casa di Poeta. Basti ricordare – anche se non fa alcuna differenza – che il lotto è il 105, e che le piante sono fascicolate, in scala 1:1000, e contrassegnate con francobollo da 50L previsto dal catasto.

Non serve descrivere il movimento tra le stanze (sono tante, sono troppe, nove locali almeno più giardino) perché la donna è una sola, minuscola tra i muri e si sposta poco, quasi niente. Basterebbe lo spazio che unisce il soggiorno, la sala e la cucina. Più la camera da letto, dall'altra parte della casa, e naturalmente il bagno.

In realtà è più che sufficiente la sala col divano dove ora è seduta su una sedia Madre di Poeta.

Si pensi in contemporanea alla porzione minima di spazio umanizzato, la casa, e insieme allo sproposito del contesto metropolitano. Di più ancora: si pensi alla stanza e insieme alla nazione.

Da un lato dunque: pavimenti, muratura, infissi, materiali da arredo e costruzione, il tappeto, il televisore, sedie e tavoli. Dall'altro: palazzine, asfalto rabberciato, raccordi autostradali, pompe di benzina, viali alberati, anziani in giro con i cani, spaccio, donne ben vestite, decoro di quartiere, immondizia che tracima nel fine settimana. Roma, più in generale: il cupolone, le terrazze, le puttane sulla strada per il mare. Allargando la visuale, l'Italia da Venezia al Mediterraneo.

Si pensi adesso al boato, all'esplosione di parole con cui si annuncia al mondo la morte di Poeta. Si pensi al suo corpo massacrato che si deposita come cenere di lava dentro tutte le case, sui balconi, sulla testa di chi cammina per la strada. Si pensi alla morte di Poeta depositarsi sopra il cupolone, sulle lenti degli occhiali, dentro i boccaporti delle navi, negli asili, sulle scarpe dei bambini, sulle unghie laccate delle madri, sul vetro degli orologi fuori le stazioni, nelle corsie degli ospedali, sulla Mole Antonelliana, nello Stretto di Messina.

Si pensi ai giornali e alla televisione, il dolore e la ripetizione, il chiacchiericcio, il volto sfigurato, il lenzuolo sopra il corpo, l'indecenza delle scarpe non coperte. Dopo averlo pensato, lo si moltiplichi per cento e mille, fino alla soglia del conato, al tanto e al troppo di immagini e parole.

Ora si ritorni nel soggiorno.
Seduta su una sedia c'è una donna minuscola, una madre. Se si alzi e vada in giro per la casa o stia seduta, non importa.
Ma il televisore è spento, non c'è traccia di giornali.
Il cavo del televisore è staccato dalla presa.
È attaccato nel resto delle case della nazione, apre finestre luminose nelle camere da letto e nei salotti.
Si pensi a quel gesto – estrarre un cavo elettrico dalla parete – come a un atto estremo di protezione da parte degli amici, già votato al fallimento.
Si pensi al peso di quel silenzio sulle tempie di una madre, alla pressione; a cosa determina negli occhi il non sapere; al fragore sordo della non detonazione del pensiero; a ciò che è falso e a ciò che è vero nel cervello.
Si pensi al niente di un figlio ancora vivo, ma già morto per il mondo intero.

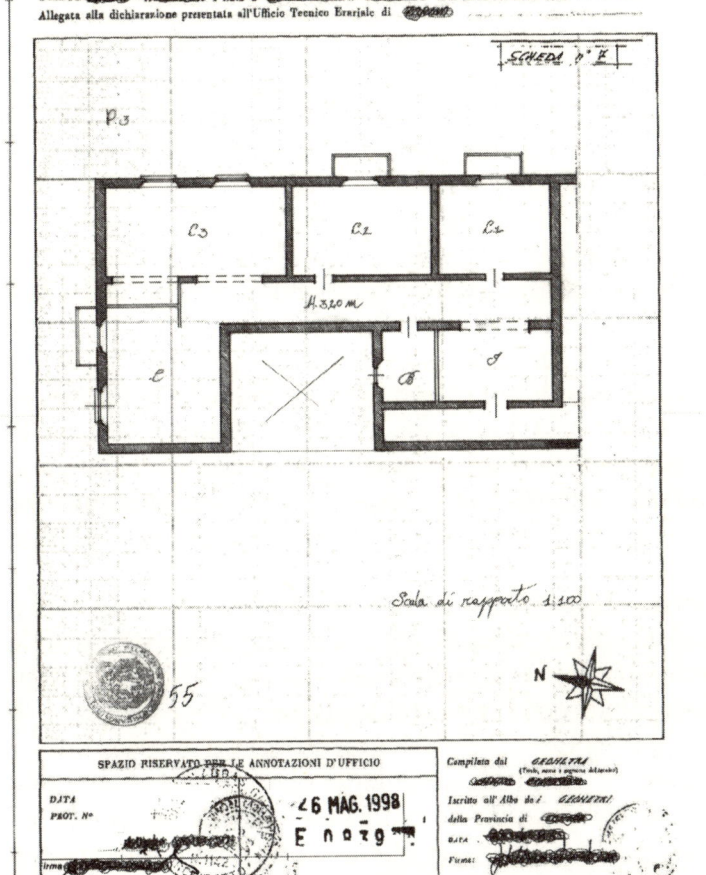

MINISTERO DELLE FINANZE
DIREZIONE GENERALE DEL CATASTO E DEI SERVIZI TECNICI ERARIALI

39 NUOVO CATASTO EDILIZIO URBANO

Planimetria dell'immobile situato nel Comune di _____
Ditta _____
Allegata alla dichiarazione presentata all'Ufficio Tecnico Erariale di _____

Scala di rapporto 1:100

Ultima planimetria in atti
Data presentazione _____ - Data: _____ n. _____ - Richiedente: _____
Totale schede: 1 - Formato di acquisizione: A3(297x420) - Formato stampa richiesto: A4(210x297)

72.
Casa di Tartaruga, 2048

Non è più unica, non è più un'abitazione indipendente con giardino.

Questo era quel che succedeva prima: per Tartaruga era il premio di consolazione, non c'era Io ma c'era un'aiuola in forma di lattuga. Cadeva dall'alto ogni mattina, nel silenzio, senza parole d'accompagnamento. Era un meteorite a cadenza fissa sul quartiere. Era preceduta dal muso di una pantofola o dalla tomaia di una scarpa; e poi, sempre, seguita da un tallone.

Ma non era per generosità, non c'era sentimento dentro il gesto. Era manutenzione della casa, come si accendono le luci o si avvia la lavatrice. Lei era il Triassico in giardino, preistoria ereditata con l'acquisto della casa.

L'abbandono produce, di base, o vittimismo o cura maniacale. E non essendo Tartaruga un rettile sentimentale, almeno a quel che è dato di sapere, ha da tempo lunghissimo sublimato la dipartita di Io con la cura della casa.

D'altronde non è la prima volta che succede. Per caratteristiche di specie è infatti abituata all'estinzione: è dal Mesozoico che assiste all'esercizio della presunzione e del ridicolo degli esseri viventi. Persino i più prepotenti, quelli dall'hybris più pronunciata, se ne sono andati. La stazza, l'imponenza, la gabbia delle ossa, la dentatura prominente, la postura eretta con le ali non hanno potuto fare quel che ha fatto l'esistenza di una casa sulla schiena, in termini di preservazione e di sopravvivenza.

Da dentro il carapace, affacciata alla finestra, Tartaruga ha visto transitare milioni di tracotanti bellicosi senza tetto mai tornati indietro. Ogni volta ha mandato giù il congedo, si è arresa all'evidenza; poi si è voltata e si è dedicata alla finitura degli interni.

Così anche per la scomparsa di Io, avvenuta non per estinzione ma per il tracollo di una delle famiglie della specie. Per anni, dopo di allora, Tartaruga si è dedicata alla manutenzione della volta, alla lucidatura dei pavimenti del suo monolocale. Ha cambiato l'aria la mattina, ha spolverato le superfici con dovizia, ha sistemato i battiscopa, verificato i serramenti.

Alla manutenzione del tetto ha provveduto soltanto dall'interno, demandando la pulizia esterna ai temporali. Ogni volta che si è aperto il cielo ha dunque ringraziato: non avendo mai visto il proprio tetto, l'ha immaginato lucente, una cupola dorata.

Ogni sera ha chiuso poi i battenti e si è addormentata nell'odore di pulito. Rendere eterno il proprio niente, lucidarlo, combattere la malattia dell'intimismo con la pratica casalinga è stata la ricetta che giorno dopo giorno l'ha salvata, che ha consentito un altro passo alla sua specie.

Da qualche giorno, però, Tartaruga non è più sola. Mentre si affaccendava nei lavori della casa, mentre sistemava dentro invece di stare seduta sull'uscio a controllare che fuori non accadesse niente, tutt'intorno l'edilizia ha lavorato.

Si è così affacciata una mattina e si è trovata un'altra casa della stessa specie sulla destra, che le toglieva la visuale. Sulla sinistra, due tartarughe appena più piccole, ma modello uguale: tetto a carapace, geometria perfetta e disposizione a raggera degli scudi.

Gli stessi architetti sopraffini, lo stesso Triassico evidente.

È così che Tartaruga un giorno è diventata una villetta a schiera. Anche i rettili hanno sogni piccolo borghesi. Non è dato sapere la sua reazione, né se l'approccio sia stato di semplice buon vicinato oppure di solidarietà di specie, di chiacchiere sull'uscio oppure porte chiuse.

Difficile dire da dove siano arrivate, e se siano arrivate per conquista o in ritirata. Ma con loro una mattina sono apparsi anche i piedi nudi di un bambino, qualche acuto, e una minuscola risata.

C'è stato qualche istante di silenzio, poi si sono aperti i carapaci. Le teste hanno fatto capolino, incapaci di resistere alla chiamata dell'infanzia.

73.
Casa del recinto, 2011

La visione d'insieme è quel che resta di un pranzo, o di una cena, ovvero l'ordine in frantumi, la disgregazione di tutto ciò che prima era intero: le briciole di pane, un fondo di vino nei bicchieri, poca acqua nella brocca, bucce di mandarini dentro i piatti e un senso generale di resa e confusione. Il dettaglio sono le sedie e i tovaglioli. Dei tovaglioli due sono sul tavolo – di cui uno ripiegato e di fatto ancora intonso, l'altro aperto, qualche macchia ma non del tutto stropicciato –, due sono sulle sedute, uno è in terra in un punto compreso tra la sedie e la porta di casa, che apre sulle scale.

Le sedie sono disposte in accordo con i tovaglioli. Due sono composte, restituite al tavolo, due in diagonale, discoste, per concedere l'uscita dalla cena. Una è come se non fosse mai stata utilizzata: è in corrispondenza del tovagliolo intonso, è quella più vicina alla cucina, ed è quella su cui sedeva Madre. Le altre, senza indugiare troppo nelle attribuzioni, sono di Padre, di Io, di Moglie e di Bambina. Il tovagliolo vicino all'uscita è quello di Io, ma non è di per sé indice di melodramma. È piuttosto consuetudine o distrazione conclamata: si alza sempre a fine pasto e ha già dimenticato che poco prima era seduto a una tavola da pranzo. In questo caso però il pasto è andato male: Moglie e Bambina hanno spinto le sedie sotto la tavola in soggiorno aiutandosi con il ginocchio, hanno lasciato i tovaglioli sopra la seduta, e seguendo Io verso la porta hanno salutato Madre e Padre.

La scena – la tavola in salotto, allungata per l'evento – ha come sonoro solo i tre sportelli dell'auto su cui sono appena saliti, l'accensione del motore, e il ronzio della marmitta difettosa della Panda che sfuma alla distanza. Lo sfondo è quello solito della Casa del recinto, gli altri sei cubi grigi di cemento, l'urbanistica annoiata del quartiere circostante, a cui la domenica oltretutto mette la sordina.

Dentro la casa ora c'è uno scroscio d'acqua nel lavello, che insieme al sapone e alle mani di Madre tenta di portare via memoria alle stoviglie e riportare tutto a prima del pranzo riponendole nella credenza. Dopo questo toccherà alla tovaglia e alla lavatrice, e la prolunga finirà inghiottita dentro il legno, e sopra tornerà l'anfora in ceramica.

Padre è seduto sul balcone, veterano dei pasti compromessi, questa volta senza grida, senza scene plateali. Anche la sua minaccia, formulata in poche frasi, rivolto verso Moglie – citandole il tumore, augurandole una recidiva con un giro di parole nemmeno troppo vago, come risarcimento per aver sottratto Io al ceppo parentale – è caduta fuori da un vaso troppo pieno, di fronte all'occhio, l'unico davvero sbalordito, di Bambina.

Adesso resta questo silenzio con scroscio d'acqua dentro il lavandino, la beffa anche degli uccelli sull'unico albero al centro del recinto, che fischiano tutti insieme senza spartito, con effetto confusione. Non c'è traccia nemmeno del saluto sulla porta, la cui prossemica non è stata niente di speciale, salvo una domanda di Madre al figlio, una domanda che si è dispersa in aria – una mozione degli affetti, un ricatto fatto con il cuore – ma che dava alla cena il titolo piuttosto dozzinale, "O noi o loro, ultima sera in cartellone".

E poi appunto la tavola richiusa, e la macchina 30 chilometri più a nord, già in mezzo alla pianura, Io al volante, Moglie accanto che non dice niente ma ha una mano sulla sua gamba destra che ogni tanto diventa una carezza. E Bambina che, seduta dietro, gli guarda la nuca e pensa forse alle somiglianze tra Io e i genitori e a quella casa, o più probabilmente pensa ad altro, gli occhi chiusi contro il finestrino. E Moglie che infine preme il dito sul pulsante della radio e cerca una sintonia che li aiuti a guadare la distesa ostinata e struggente che la provincia dispone tutt'intorno a difesa della propria noia e della propria indipendenza.

74.

Casa della dispersione, 2019

La localizzazione, nella versione orale, è "oltre l'uscita autostradale sulla destra". Sul navigatore satellitare invece non esiste, o meglio è un inganno: la voce femminile manda altrove. Conduce in un punto del paesaggio dove non c'è niente se non un cartello bianco sul bordo della provinciale: "PER LA TUA PUBBLICITÀ 0141539440".

D'altra parte il reclamo e le puntualizzazioni di clienti e proprietari hanno sortito molto poco, nel posizionare il punto sulla mappa: la risposta è stata, all'incirca, diremo al satellite di fare più attenzione.

Dal punto di vista architettonico, la Casa della dispersione è un prefabbricato in lamiera e muratura. Vi si arriva, per l'appunto, prendendo lo svincolo e scendendo a spirale per altri sei chilometri. Saldato il pedaggio, la sbarra che si solleva spalanca uno scenario di capannoni di fattura simile tra loro, cancelli automatici, tir senza rimorchio parcheggiati, furgoni con i portelloni aperti, muletti in movimento.

È la desolazione produttiva tenuta rigorosamente fuori dalle mura. È il cuore del pianeta, ciò che lo fa ruotare sull'asse del profitto, ma è anche il suo rimosso. È ciò che non è lecito vedere nel mondo della sparizione, del miracolo delle merci trovate sotto casa inscatolate. Qui è dove quel miracolo succede, dove si compie l'imballaggio; milioni di tonnellate di prodotti, plastica e cartone, lo scheletro immenso, inimmaginabile, della leggerezza postmoderna.

In questo scenario, la Casa della dispersione è solo un hangar, un parallelepipedo tra gli altri.

L'esterno è un accumulo il cui criterio sfugge al primo sguardo. Sommariamente: lavandini riversi sul terreno (è un brecciolino che conserva qualche memoria di un asfalto precedente), bidet e wc estratti alla bell'e meglio. E ancora: un paio di reti metalliche per letto, pneumatici invernali, scarponi e scarpe di cui alcuni scompagnati, una bicicletta mancante di sellino, un carrello della spesa, una ciambella mezza sgonfia per il mare da cui si protende una specie di papera avvizzita. Il resto è una congerie apparentemente casuale di oggetti d'uso caduti in prescrizione.

Potrebbe sembrare una discarica, se non fosse per il relativo buono stato degli oggetti e degli arredi. La ruggine è sostanzialmente assente, se si eccettuano piccole macule veniali che ancora non hanno intaccato il corpo principale dello sportello di una Punto poggiato contro il muro, o sul cestello di una lavatrice dentro cui è inserito uno stendino per interni. Ciò sta a significare, di fatto, che tutto qui è pronto a essere venduto e dunque a ritornare in uso.

È sufficiente affacciarsi oltre l'ingresso – una porta a scorrimento di grandi dimensioni, difficilmente apribile da soli – per riuscire a completare il quadro generale. Stoccato dentro uno spazio di all'incirca mille metri quadri, illuminato dalla luce glaciale dei neon allungati sul soffitto, sta il residuo di centinaia di vite precedenti, poi disassemblate, disposte dentro il capannone e messe in vendita a un prezzo umiliante rispetto al suo valore. Ogni oggetto porta un cartellino con sopra scritto a pennarello una cifra mille volte ribassata e cancellata e poi riscritta con l'unico obiettivo di essere venduta e liquidata.

Non c'è criterio estetico, né tantomeno completezza nell'arredo. Sono famiglie di mobili sgomberate e poi appaiate: l'impiallacciato di terz'ordine messo accanto al mogano pregiato, la credenza rimasta scompagnata dalla sua cucina e ora appoggiata sopra un cassettone stile impero.

Per quanto caotica, la disposizione è divisa per zone di competenza della casa. Gli elettrodomestici occupano l'angolo in fondo a destra, dentro il fabbricato. Tra i frigoriferi, alcuni sono da incasso, anime di plastica e metallo rimaste senza corpi; altri hanno lo sportello aperto, l'interno ingiallito con la griglia per le uova già posizionata su una guida laterale. Certi sono alti e crivellati di adesivi – come d'altra parte molti dei mobili estratti dalle stanze di adolescenti non più tali, dislocati in un altro spazio, laterale, non distante da quello dei congelatori –, certi arrivano all'altezza della vita, residui di esistenze provvisorie, di pochi pasti a casa.

Il centro dell'hangar è occupato da un'infilata di tavoli lunghi coperti di stoviglie. Servizi di piatti, i più dei quali a un passo dall'essere perfetti: sei esemplari di tutto tranne uno di qualcosa, spesso il mancante è un piatto fondo. Maioliche sottili e motivi floreali inizio Novecento – un'idea discreta di decoro; accanto scodelle solide, figlie nostalgiche del Boom, trionfo del bianco verniciato, solo una linea gialla o blu, sottile e circolare – a indicare, di fatto, grandi numeri, poche chiacchiere e benessere diffuso.

Denominatore comune è la sbeccatura, presente anche sui bicchieri, dai numeri ancora più imperfetti, e su tazze e servizi di tazzine, alcuni già disposti sopra vassoi opachi di argento invecchiato in qualche caso bene. Ammucchiati e insieme sparsi, fasci di posate tenuti insieme dallo scotch, un paio di euro per ventiquattro tra coltelli, forchette, cucchiai e cucchiaini vissuti decenni in un tinello e poi finiti lì, insieme a tutto il resto, qualche saliera con i fori ancora un po' otturati, e cavatappi, portauova in plastica verdina, schiumarole, stock di posaceneri di ristoranti andati in fallimento.

Il tutto dentro questo spazio immenso, un fabbricato a due passi dal viadotto autostradale, la fossa comune del millennio dove l'Occidente fa la spesa. È il fallimento venduto a poco prezzo, alloggi svuotati per decesso o bancarotta, case messe all'asta – oppure per disinteresse, noia del gusto e del possesso; o anche eredità liquidate dai beneficiari, raccapricciati dall'estetica dei progenitori, interessati più al mattone che al servizio di stoviglie. Ma poi, per l'appunto, mercato perfetto per arredare con poco nuove case, assemblare interi appartamenti, abbinare l'improbabile, giustapporre anacronismi in maniera casuale. È dove il presente si rifornisce per i suoi collage, per mosaici fatti di frantumi del Novecento messi in conto vendita ancora impolverati.

In mezzo a tutto questo, sparpagliato, sta il mobilio di Io, tutto ciò che per decenni si è trascinato di appartamento in appartamento, e che infine era andato a saldarsi con il mondo estetico di Moglie e di Bambina.
Sarebbe inutile e inutilmente laborioso andare a rintracciare i singoli elementi, quelli che, messi insieme, facevano il senso della casa. Né v'è certezza che non sia stato già venduto tutto o in parte, nel frattempo. Ma di sicuro è un mondo intero di cui Io si è sbarazzato, smembrato e disperso nello spazio insieme ad altri mondi finiti da perdenti.
Gli armadi stanno con gli armadi – tutti poverelli messi in posa nella solitudine dello stile di ciascuno –, le sedie con le sedie, le stoviglie buttate sopra il tavolo. Ogni oggetto, ogni mobile con il suo biglietto appeso in fretta, spesso non ortogonale, e il suo numero di serie. Tutto sta insieme, soppesato dai potenziali compratori, le ante dell'armadio aperte e chiuse in fretta, i rebbi delle forchette collaudati sopra i polpastrelli e poi lasciati di nuovo sopra il tavolo, dentro il caotico quadro generale.
Io non ci ha mai messo piede, né ha mai fornito alla ditta che gestisce la vendita sommaria i codici bancari per ricevere la percentuale infima del poco che frutteranno nel futuro i suoi vent'anni precedenti. Non sa nemmeno l'indirizzo, a dire il vero; sa che sta sotto il pilone autostradale e tanto basta per immaginare la caduta verticale di tutto ciò che era in suo possesso: vent'anni di peregrinazioni casa dopo casa per un arredo preso in blocco con un assegno circolare, maltrattato in traslochi fatti in fretta, sollevato da montacarichi o da

braccia stipendiate, disposto a volte nella luce altre umiliato in stanze ricavate, smembrato e dopo rimontato, spinto ogni volta contro il muro. E ora poi la pace, in questa caduta finale dal viadotto, dove nessuno guarda mai perché è al volante, e dove non guarda nemmeno Io, adesso, mentre passa e tira dritto, ignorando le ceneri del suo passato disperse a piene mani sul paesaggio urbanizzato.

75.

Casa dell'amicizia, 2020

Se considerata nel suo insieme è sterminata, ed è uno snodo ferroviario, l'ultimo di Roma oppure il primo arrivandoci dal Nord. Il dettaglio però – e la vera casa, dunque – è una banchina. A essere precisi, anzi, sono pochi metri dietro la linea gialla, a circa un passo dal binario. Il binario è prevalentemente il 6, con però non rare variazioni annunciate all'ultimo minuto, conseguenza di ritardi o imprevisti sulla linea. La Casa dell'amicizia annuncia la propria apparizione su un pannello luminoso: si staglia, fluorescente, in mezzo alle altre destinazioni in verticale. Dice dove e dice per quanto tempo la si potrà vedere, come fosse una cometa.

È lì che Io la cerca, dopo aver lasciato che il convoglio su cui stava, e con cui ha attraversato Roma – l'infilata dei gasometri sempre sulla destra, lo struggimento di gialli e arancioni sulle palazzine di Testaccio –, proseguisse la sua corsa tra i tralicci verso la Sabina. Io alza il naso in mezzo all'atrio della stazione Tiburtina, si fa largo nella calca, intercetta la Casa nella lista a scorrimento, mentre alcune città lampeggiando di colpo se ne vanno, spariscono dal quadro in uno smottamento di destinazioni. A volte non c'è ancora, e diventa questione di attenzione: Io guarda il pannello come guarderebbe il cielo, insieme a tutti gli altri. Poi d'improvviso se ne stacca.

La Casa dell'amicizia appare intorno alle 8.05, se non ci sono intoppi nello scorrimento dei treni da Milano verso il

Sud. La sua estensione coincide con lo spazio che Io occupa nell'attesa del suo treno veloce per il Nord, lo zainetto in mezzo ai piedi, il computer dentro, e un cambio d'emergenza, dovesse decidere di tornare a Roma il giorno dopo. La casa diventa però casa per davvero quando al corpo di Io se ne aggiunge un altro che arriva trafelato dopo aver fatto di corsa il sottopasso dal binario 1. Arriva dalla provincia e si ferma a Roma, la sera rifarà tutto in senso inverso. L'abbraccio dentro cui si stringono questi due uomini dalla barba appena brizzolata è il portale d'ingresso, ha cardini oliati da una pratica consueta.

La durata dell'apparizione della casa varia ma di rado supera gli undici minuti, è sempre un conto alla rovescia. Dentro c'è una specie di parlare allegro e concitato. Ci si stipa tutto ciò che ancora non si è detto: sono tutte mezze frasi, un aggiornamento di poco conto sta insieme a una sciagura, a un libro appena letto, a un timore, ai programmi per l'estate. Agitano il bussolotto di quello che hanno in corpo, e quello che ne esce è ciò che sapranno l'uno dell'altro il giorno dopo. Intanto Io guarda verso il fondo del binario, ovvero verso Roma, e se vede il muso del suo treno, si rimette in spalla lo zainetto ma senza interrompere il discorso.

Alle 8.05 appare, alle 8.14 la Casa dell'amicizia di norma si dissolve. Resta, invisibile, quel metro e mezzo di buonumore sul binario, mezz'ora più tardi calpestato da altre suole delle scarpe. Riapparirà dopo dieci giorni o dopo un mese, si accenderà la scritta sul pannello; e poi svanirà di nuovo.

76.

Casa del tumore, 2009

La sensazione di Io è l'impostura sin da quando l'edificio si staglia contro il cielo terso in mezzo alla campagna – le montagne, dietro, mettono all'angolo lo sguardo. Coincide con il silenzio solido della struttura, con il vuoto che la ritaglia dal paesaggio. Coincide con la natura dell'edificio, con la guerra mondiale che v'infuria.

Coincide come la macchina con lo spazio dedicato nel parcheggio.

Si amplifica quando si spalancano le porte scivolando sulla guida, attivate dall'occhio della fotocellula. Diventa una pellicola di ghiaccio non appena Io varca la soglia, sagoma la sua presenza accanto a quella di Moglie, che invece entra salutando e riceve due saluti indietro e due sorrisi.

Moglie entra come un veterano della morte, Io è un privilegiato che ha vissuto sempre il lato asciutto della vita; per questo il suo saluto contiene una vergogna per la propria condizione e una specie d'insignificanza.

Anche l'ascensore, dopo un impercettibile attimo d'attesa, si stacca dal suolo con una determinazione senza sbavature: ogni numero si affaccia sul display a certificare il piano, al terzo poi la porta si apre con meccanica esattezza. Il resto è un lungo corridoio, una signora calva in carrozzella lo percorre, un'infermiera la spinge alle sue spalle.

Moglie sa come salutare, lo fa naturalmente; Io, invece, trasforma in retorica la sua naturale gentilezza. Poi prende la mano di Moglie, si giunta al suo corpo come precauzione. La carrozzina sparisce dentro l'ascensore, Moglie accarezza Io delicatamente. Poi si apre la porta del dottore, si richiude tenendo dentro tutti e due.

L'uscita dall'edificio è la più importante, la campagna che si spalanca tutt'intorno. L'ascensore è aperto a piano terra in condizione di riposo, il saluto di Io e Moglie è rimasto in mezzo all'atrio.
È Io che questa volta porta Moglie fuori dalla parte della vita.
Dopo aver passato in rassegna i referti delle analisi, verificato con i polpastrelli la linea netta e ormai stinta della cicatrice, il dottore ha dichiarato l'avvenuta guarigione. Da adesso, ha detto poi semplicemente, senza esibizione, ha la stessa probabilità degli altri di morire.
Ci vediamo tra cinque anni, ha detto quindi per congedo.
Sulla strada del ritorno non c'è molto da dire, se non che Io ha guidato come sempre. Moglie si è tolta le scarpe, ha tirato i talloni sul sedile e ha ripreso in mano le parole crociate che stava compilando prima di arrivare alla Casa del tumore. Ogni tanto chiede qualche parola a Io, e Io gliela concede; se è quella giusta gli dice "Bravo" altrimenti dice solo "No".
Il resto sono frasi molto banali anche nel ricordo. Invece rimane un miracolo, nella memoria di quel giorno, il parcheggio trovato sotto casa.

77.
Casa degli appunti, 2021

La Casa degli appunti è una Casa delle parole semovente, è dove la sua attività si è trasferita. Io non ci entra ogni mattina, ma apre la porta quando vuole. Tecnicamente è un taccuino. Ha 81 pagine e quindi altrettanti appartamenti.
Gli appunti sono frasi malandate, vivono di pura sussistenza. Sono sbilenche, malconce, nessuno le farebbe abitare dentro un libro.
L'entrata è unica, ha un portone sobrio. È di cartone, di colore nero.
Gli 81 alloggi sono disposti in infilata: è la bizzarria dell'architetto. Ciò significa che per accedere alle successive, si passa per le precedenti. Chi prima arriva, prima prende il posto, si procede per occupazione.
Essendo gli spazi assegnati per ordine di arrivo, è naturale che ogni alloggio ospiti appunti che hanno, gli uni con gli altri, poco a che spartire. Ma la convivenza non è mai stata un gran problema. Qualcuno a volte tira una riga per ricavarsi un proprio spazio, ma per lo più si vive in pace.

Di Casa degli appunti non ce n'è soltanto una.
Ogni volta che tutti gli spazi sono presi, Io comincia un'altra agenda, l'assegnazione dunque, per le nuove frasi, di altri alloggi in altri fabbricati.
Solito portone, solita infilata, solita trafila.

In certi periodi le case si riempiono di frasi in una settimana, in altri restano semivuote anche per un mese.
Quando cominciano ad arrivare, però, è quasi sempre un flusso di parole che sembra non finire. Non si sa mai quale sia l'evento scatenante che fa accorrere la torma degli appunti. Non si sa se sia la pace o sia la guerra, se siano la felicità o il dolore.
Periodicamente Io va in visita, uno dopo l'altro passa in rassegna tutti gli edifici. Verifica le condizioni, controlla l'usura degli infissi, provvede alla manutenzione.
Entra negli appartamenti per vedere quello che le frasi contenute hanno da comunicargli. È la parte più imprevedibile dell'ispezione. Parlano sempre tutte insieme, vogliono essere ascoltate.

La ragione per cui gli appunti si assembrano intorno a Io è che sanno che Io detiene un potere. Sanno che per scelta o per capriccio Io toglie qualcuno da lì e lo destina altrove.
È una specie di scalata sociale. È il miracolo in cui sperano gli appunti: diventare delle frasi. Quando avviene si riprendono i bauli, attraversano l'edificio; poi si avviano per la strada da cui nessuno è mai tornato, quella che porta a nuova vita dentro una pagina stampata.

78.

Casa dei ricordi fuoriusciti

Si pensi a Io in un'alba di novembre, di fronte al marchingegno dei ricordi sfuggiti alla sua memoria. La visualizzazione è sempre quella: cassone in plexiglass con braccio meccanico e granchio che tenta di artigliare ciò che è disposto sul fondo sabbioso del cassone. La sequenza è sempre uguale, ovvero la successione tra il desiderio del ricordo e la frustrazione conseguente al tentativo di artigliarlo. E dunque: moneta dentro la fessura, braccio meccanico in azione, granchio che scende sul fondale con le chele aperte. Poi la morsa nella sabbia, il granchio che ritorna indietro vuoto, l'ennesimo salvataggio andato a male.

Dietro, il volto di Io, la sua concentrazione prima, e dopo il pugno di rabbia contro il plexiglass. Quindi nuova monetina, e ancora delusione.

Ma in quest'alba di novembre Io prende a calci il marchingegno. Il granchio continua ad artigliare ricordi ma non riesce a sfilarli dalla sabbia. Sono apparizioni che durano un istante, poi abbandonano la chela, si lasciano cadere, scompaiono di nuovo. È lì che Io desiste, si avventa come una furia contro il vetro, lo prende a calci e pugni. Con una spinta infine lo rovescia e dopo se ne va.

È così che si apre la Casa dei ricordi, ma troppo tardi perché Io riesca a entrare, la sua schiena che si allontana è ormai un puntino che sparisce.

Il plexiglass si spacca durante la caduta, l'urto contro il suolo prima lo crepa, poi lo apre. Tutta la sabbia che stava sul fondale si rovescia fuori, è una slavina di polvere e ricordi che si allarga su tutto il pavimento. La si direbbe liberata, finalmente, ma invece forse è solo sparsa fuori dalla porta, è rimasta senza casa. Il granchio meccanico è riverso in terra, le chele semiaperte in uno spasmo congelato, il meccanismo definitivamente rotto.

Quello dei ricordi sfuggiti alla memoria di Io ora è solo un cimitero profanato, né Io tornerà indietro a vedere cosa c'è sul fondo o a rimetterlo in piedi. Accetterà di averli perduti, li darà per mai successi, pronuncerà il pronome Io accettando che la finzione è la conseguenza di una scelta.

Io non vedrà dunque questo paesaggio cosparso di relitti e sabbia, la discarica dei ricordi che non hanno trovato il loro posto in nessuna delle case in cui ha abitato, relitti in fondo al mare mentre sopra, in superficie, transitano altre navi.

Io non vedrà, dunque, le macchine della polizia correre a sirene accese verso il corpo morto di Prigioniero rinvenuto dentro un'auto parcheggiata; non vedrà gli elicotteri prendere a colpi il cielo sopra Roma per cercare i fuggitivi; non vedrà le persone dietro le finestre, spaventate; non vedrà Parenti commentare la morte di Poeta con il segno della croce; non vedrà Nonna nascondere il vino sotto il lavandino; non la vedrà insultare Madre barcollando; non sentirà la voce di Nonna mentre al telefono gli chiede aiuto; non vedrà se stesso riattaccare e dopo continuare come non fosse mai successo; non vedrà Moglie allargare le braccia e prenderlo dentro in una specie di estremo salvataggio; non si vedrà mentre le promette di stare sempre insieme; non si vedrà felice, ringraziarla prima di dormire di avergli dato casa, comprarle i fiori la domenica mattina; non la sentirà piangere, mentre lui fa finta di dormire; non vedrà l'abbraccio che li ha presi, con una tenerezza incongrua ma totale, al momento del divorzio; non si vedrà promettere a Bambina di esserle padre anche senza i geni; non vedrà Padre che lo porta sulle spalle quando

Io è bambino, che lo immerge dentro la sua prima acqua al mare tenendolo sospeso; non vedrà Sorella aiutarlo a salire in bicicletta, non sentirà la sua voce, da adulta, che gli dice dentro la cornetta "Sei un codardo"; non vedrà Madre che si volta mentre Padre spinge Io contro il muro in cucina, urlandogli "Ti ammazzo", non la vedrà che allontana una mosca dal suo capo mentre dorme adolescente sul divano, che lo aspetta fuori dall'asilo con una maglia più pesante; non vedrà se stesso, Io, mentre dà la mano a Padre per le scale; non vedrà la faccia di Madre l'ultima volta che Io è stato nella Casa del recinto e lei gli ha chiesto "Tornerai?", né la propria bocca che diceva "Certo", non sapendo ancora che non sarebbe mai successo.

Non vedrà niente di tutto questo perché è già lontano, anche il puntino si è dissolto in quest'alba di novembre. Il vento che si è alzato forse porterà la prima neve. La neve stenderà una coperta bianca sopra questo paesaggio di ricordi naufragati; anche se fredda, proteggerà la terra e il suo tepore.

Nota

Ringrazio l'American Academy di Roma, la Rice University di Houston, Graziella Chiarcossi, Maria José de Lancastre, Miguel Gotor, Francesco Morgando, Daniela Piergallini, Claire Sabatié-Garat, Irene Salvatori, Fabio Stassi, Francesco Targhetta, Marco Vigevani, Claudia Zonghetti e tutta la squadra Feltrinelli. Questo romanzo deve molto alla vicinanza di ciascuno di loro. E anche io.

Andrea Bajani
Houston, 9 dicembre 2020